Gótico &
Nostálgico

Gótico & Nostálgico

(Cuentos, poemas y reflexiones del vampiro)

CRISTIAN ROBERTO SALAS MARTÍNEZ

Para realizar pedidos de este libro, contacte con:
Palibrio
1663 Liberty Drive
Suite 200
Bloomington, IN 47403
Gratis desde EE. UU. al 877.407.5847
Gratis desde México al 01.800.288.2243
Gratis desde España al 900.866.949
Desde otro país al +1.812.671.9757
Fax: 01.812.355.1576
ventas@palibrio.com
466317

Índice

EL LAGO DE LA REFLEXIÓN

PROYECTO DEMENCIAL

Agradecimientos

Un agradecimiento con la más profunda admiración para **Nuño Vega** por su participación literaria en la conclusión y revisión del material de varios de los cuentos aquí relatados los cuales nunca se hubieran logrado sin su ayuda.

Para mi gran amigo **Andrew Hendrick-Ortiz** quien a pesar de las limitaciones de mi ingles y su nulo español logramos comunicarnos a través del lenguaje del arte y proporciono así las ilustraciones para esta obra.

También agradezco a **Karla Martínez** quien colaboró en la revisión ortográfica de la sección de poesía.

Otro agradecimiento muy cordial a mis grandes amigos **los IKONS** quienes me ayudaron en la redacción y diseño del "proyecto demencial."

Que sin el apoyo de sus letras e ideas este nunca se hubiera logrado.

Sobre todo un agradecimiento muy especial para **Karina Rodríguez** quien me apoyó en todas esas noches de desvelos y procurando satisfacer mis exigencias tan excéntricas en las cuestiones de la elaboración de mi café.

Y por supuesto a ti **lector** que te has decidido embarcarte en este viaje junto conmigo.

PRÓLOGO

El góticismo no es reconocido como un estilo literario en sí. Es más bien considerado dentro del subgénero narrativo denominado **Novela**, como **Novela de Terror Gótico**. El movimiento gótico aparece en Inglaterra como la expresión emocional, estética y filosófica que reacciona contra el pensamiento dominante de la **Ilustración**. Los términos como "Narrativa Gótica" son acuñados en 1765 por la primera novela titulada **El Castillo de Otranto** del autor británico **Horace Walpole**. En su momento es considerado como una moda literaria que los anglosajones extendieron hasta finales del siglo XIX. La narrativa gótica sobresale entre 1765 y 1820 con ingredientes iconográficos como castillos, cementerios y lugares lúgubres donde abundan las tempestades, las tormentas y los escenarios oscuros y macabros; algo muy distinto al movimiento estético llamado **Romanticismo.**

Las historias que continuación se van a relatar entre poesías, cuentos y reflexiones contemplativas, son grabadas dentro de un goticismo que se centro en esos escenarios de castillos y cementerios llenos de fantasmas, brujas y demás seres sobrenaturales que tanto distingue a este género, aunque también en las mismas se impone una sensación diferente, un estilo que también se sostiene de tiempos contemporáneos donde las grandes ciudades modernas regalan escenarios perfectos para desarrollar relatos llenos de intrigas y suspenso o los misterios atemporales en las profundidades de lugares desconocidos nos llenan de fantasías que no necesariamente son

Relatos de Terror. Aquí también se expresa el otro lado de la moneda, pues es atreves de los ojos del monstruo que vemos la realidad y en ocasiones profundizamos filosóficamente en ella.

ATTE

−Cristian Roberto Salas Martínez

Introducción

… y hubo un momento en el que el día y la noche volvieron a ser uno solo; un segundo en el que el tiempo y el espacio dejaron de existir y todas las dualidades volvieron a ser parte única de la singularidad. He ahí donde un ser se convirtió en dos partes iguales separadas por su sexo y unidas por la co-dependencia que existe entre esclavo y amo; entre Sire y Vástago…

- Vampiro azul, que vives preso dentro del alma de este ser, contéstame algo: ¿Cuál es el empeño en desenterrar un cuerpo en descomposición? Tú no comes carroña.

- *Pero si necesito sirvientes, esclavos sin mente.*

- ¿Eso es lo que quieres de mi? No te parece suficiente mi sangre y mi alma, ¿también quieres mi carroña?

- *No. De ti, ocupo algo más rancio. Ocupo tu esencia, tu último aliento de vida, el brillo de tu mirada antes de morir, tus últimas plegarias antes de que el silencio corrompa el velo de la realidad.*

- ¡Maldita máquina infernal! Cuanto te alabo y te admiro… Que sea pues, tu voluntad la que me domine. Hasta mi carroña te entrego y que seas tú, el dueño de mi alma, quien acabe con todo.

- *La carroña es para los muertos vivientes, Yo necesito vida... descansa pequeño ser... ¡Shhh! Silencio. Dolerá un poco....Tan solo un poco...*

¡JAJAJAAJAJAJA!!

- ¿Cómo demonios negarte algo?

- *Exacto... No desperdicies tu preciado aliento, tu vitalidad encerrada en palabras. Si, no te puedes negar.*

- ¿Cómo negarte algo? Cuando ya te he entregado todo. Maldita máquina infernal, maldito ser de piel azulada. Me maldigo por someterme a tu voluntad. Debió de ser muy fácil para ti. ¿Robarme lo único que me hacía sentir humano?...

- *Si. Pero el don que te voy a regalar es el de la inmortalidad literaria y estaremos juntos en ese reino de frases y palabras. Lo quieras o no. Quizás con diferentes mascaras, porque ese es tu deseo; pues después de todo soy vampiro, pero también soy un individuo de palabra y si ese es tu deseo así será.*

- No hay en mi persona deseo alguno, no hay voluntad que me mantenga, dependo totalmente de ti.

- *¡Shhh silencio!.... guárdalo te darás cuenta que es algo muy preciado en el reino de las frases y las palabras. Silencio....*

- No quiero pertenecer a ningún reino, solo quiero estar, donde nadie este.

- *pero si por el contrario el reino te pertenece por derecho propio las personas no podrán borrar tus palabras, aun* que no aseguro que no las copeen, que lean o que las digan en voz alta en este mundo te expones, te abres; para que todos contemplen tu desnudez. Mas sin embargo nadie te podrá tocar, nadie te podrá ver, nadie te podrá escuchar. Solo podrán escuchar en sus mentes una voz que es la de ellos mismos repitiendo tus palabras.

- Quiero estar oculto, para siempre entre las sombras que dejas contra la luz. Te suplico, por favor, como único favor, jamás, jamás me hagas salir. No quiero exponerme a la luz. No quiero ver ni sentir el mundo, ni siquiera la gente... Con el tiempo, se que hasta tú te olvidaras de mi.

- no te lamentes te invito a que contemplemos juntos el amanecer y que nuestras cenizas se esparzan por el viento, y que el viento las lleve hasta los confines del universo...

- Las cenizas no llegan tan lejos, Mis lamentos son infinitos y tu indiferencia es mortal.

- ¿Mortal dices?... No, esto va más allá de la vida; mas allá de un par de colmillos robándote el alma. Va mas allá que los latidos de un corazón que muere lentamente, no hay adiós, no hay lamentos.

EL VALLE DEL CUENTO

Ilustración Por Andrew Hendrick-Ortiz

Ashes on the Dawn

It is the year 1016 of our Lord, yet these are dark ages. Mostly because the absence of god is eminent. The night was silent, but for a second you can hear a beast roar when the waves of the sea break on the rocks of the cliff. From time to time, cold gust of wind shakes the trees of a forest behind the shore. On the highest spot of the cliff the silhouette of a man stands proudly. Hanging from the skies a moon as brighter and bigger as nobody had seen before. Behind it, darkness and its own reflection distorted on the waves of the sea. He is just a piece of this somber landscape; perhaps insignificant, yet astonishing. By the way he looks you can tell the lordship of this man. Slick-back black hair, cashmere black suit, black eyes contemplating the nothingness as a pair of oceans where you can drown, and his face pale and haggard as that of somebody that has been mortified for many years.

At his feet a naked lady dragging herself almost kneeling toward him. In her eyes the infatuated glance of necessity. What was that, which she wanted at the darkest hour of the night? Probably she was looking for somebody to give her caress in a tender manner, or maybe she was looking to be loved in a passionate way, perhaps just unrestrained copulation. When he noticed that she was down there he looked at her with contempt. One of his ivorish and bonny hands hurry its way to her beautiful face, and a caress took its way, then she shivers at the mystifying touch of his hands. He pulls her up from the ground and stare at her surrender eyes. Being face to face to this monstrous been she is shorter a couple of inches, yet she feels a lot smaller.

He grabs her from the lower back with one hand, and moves her face with the other exposing her neck. Has he violently stung his teeth on the neck a tremor was unavoidable. A horrifying expression of pain, gradually changes to a cuddle of someone that is pleased, but no scream, not even a single shriek and this image froze in time has she died in pleasure.

But this was not what he was really looking. Lord Azul was not trying to kill her, although her desire was to please an evil lord; he was there waiting for the sun. For many centuries he's been a monster, fear with intense delusion; fear in all the villages of this forgotten realm. The dawn is breaking, the sun is rising, and his skin starts to burn. Azul stands there appreciating the beauty of a sunrise, perhaps the last one. Fire covers his whole body, flesh becomes ashes; as the wind carries away his ashes you can hear the echo of his voice:

"What is the reason of this travesty, this masqueraded disease that strikes straight in the core of the soul?
Only an accumulation of wrong answers, as the manifestation of wrong questions...
If the body is a temple in whish god lives, then why I transform it in a prison cell? Why I am the conqueror that shatters it in pieces?
But this, this do not matters anymore..."

Gaia & las 7 lunas proféticas

Somos mortales / todos habremos de irnos, / todos habremos de morir en la tierra… / Como una pintura, / todos nos iremos borrando. / Como una flor, / nos iremos secando / aquí sobre la tierra… / Meditadlo, señores águilas y tigres, / aunque fueráis de jade, / aunque fuerais de oro, / también allá iréis / al lugar de los descarnados. / Tendremos que despertar, / nadie habrá de quedar.

Netzahualcóyotl (1402-1472) rey poeta de Texcoco

No hace mucho tiempo, tuve un encuentro con uno de mis hermanos que había viajado por muchos siglos disfrazado de Médium, no es que el no pudiera comunicarse con el espíritu de los muertos, esto era una habilidad que él en verdad tenia. Pero lo que él en verdad ocultaba era su vampirismo, y lo hacía al igual que yo. apenas acababa de concluir el bank'kak Maya de su cuenta larga de 5125 años el 21 de Diciembre del año 2012 y había pasado más de un año desde que comenzó la nueva era. La humanidad temió por el fin de sus días, pero nada sucedió o al menos nada que sus ojos ciegos pudieran realmente percibir. Grandes acontecimientos se movían en el universo y solamente un puñado pudimos sentir el gran momento de la conclusión de una era y el nacimiento de un nuevo comienzo. Ningún vampiro es más antiguo de 5125 años, es decir, que nuestra existencia se origina en este período. nosotros en la búsqueda de nuestros orígenes y la lógica de nuestra condición llegamos a entender que la cultura Maya y la Azteca estaban bastante ligadas la una a la otra y que su derramamiento de sangre en sus sacrificios múltiples para saciar la sed de un dios, tenía mucha coincidencia con la sed del vital líquido que padecemos nosotros.

Había yo arribado a la ciudad de Los Ángeles y mi hermano me esperaba con un gran abrazo. Llegamos hasta su despacho donde se ganaba la vida como adivinador y prestidigitador. Pasados los días nos topamos con un caso muy interesante. Carolina y Fernando eran los parientes de una persona desaparecida que querían saber si esta estaba muerta. Ellos ya habían perdido la esperanza de encontrarle; pues ya había pasado un mes de su desaparición. Le ayude a preparar la sesión espiritista y Fernando al ser hermano de sangre de Rigoberto serviría como recipiente para recibir el espíritu del desaparecido en dado caso que este se encontrara muerto. Nos tomamos de las manos y empezamos un antiguo cantico que nos había enseñado una vieja bruja hace mil años aproximadamente. De repente el cuerpo de Fernando se comenzó a elevar y fue evidente que algo lo poseyó. Estas fueron las palabras que comenzó ha decir:

En algún momento de mi vida, dudé de todas las cosas inexplicables de las que habla la gente. Murmullos que se divulgan en secreto para no asustar a los débiles de la mente. En especial de las supersticiones que se transmiten de generación a generación como rumores en voz baja de sucesos oscuros o sin explicación lógica que se establecen en el imaginario colectivo. Pero, ¿Cómo se pueden explicar esos sucesos que ante nuestros ojos se presentan y no tienen una razón lógica de ser? De pequeño llegué a contemplar a esta clase de acontecimientos como mágicos o sobrenaturales. Mi imaginación infantil los alimentaba con historias fantásticas, pero con el paso de los años la mayoría de las personas les damos una explicación lógica a estos sucesos aunque no quedemos completamente convencidos de ello. Y así como yo, dudan de lo que habla la gente.

Como yo me llamo ya no tiene importancia y la verdad no sé si soy esa persona que digo recordar ser. Al nacer me nombraron Rigoberto, como mi abuelo; pues decían

que yo había heredado sus labios y sus ojos, y podían
jurar que el mismo tono de piel que se pone moreno
ante la luz del sol y palidece cuando pasa mucho tiempo
entre las sombras. Aunque todos me llaman Rigo desde
pequeño. Soy oriundo de la región norte de México y
residí en El Condado de la Naranja al sur de California,
ahí conocí a Carolina. No sé con certeza si aun sigo vivo,
he muerto o tan solo he abandonado mi cuerpo. Padezco
una complicación del sueño llamada insomnio, cada vez
que las cosas se salen de lo ordinario, mi psique se debilita
impidiéndome la capacidad para dormir, cuando esto
sucede, paseo por las calles de la ciudad dormida y me
refugio en lugares abandonados.

A unos días después de la temporada navideña y la
llegada del nuevo año, una noticia llegó a mis oídos, y
aunque en un principio dude de su veracidad, quizás
por negación o tal vez un gran sentido de culpa. lo cierto
es que mi madre estaba agonizando al otro lado de la
frontera y mi situación me impedía ir a visitarle, en una
ocasión discutimos con tanta intensidad que terminamos
por desearnos la muerte mutuamente, por casi un año
no nos habíamos hablado y esta noticia fue una gran
impresión. La convalecencia de mi madre se agravo, mas
de 9 intervenciones quirúrgicas y después una neumonía
le atacó, en ocasiones durante esos dos meses, la tristeza
me agobiaba y el único testigo de esto era Gaia, mi gato.
Gaia llego a mi vida de una forma muy peculiar, cuando
apenas tenía aproximadamente unos tres días de haber
nacido se extravió. Alejado de su madre llegó maullando a
la puerta de mi casa, al escuchar tal alboroto Salí, al mirar
hacia el suelo, se encontraba una bolita de pelos negros,
que se tambaleaban de un lado a otro y que maullaba de
hambre y de frío. Carolina y las niñas se me quedaron
viendo con sus ojos vidriosos y en un par de segundos
me convencieron e inmediatamente le sirvieron un plato

de leche y le comenzaron a mimar. Después de tomar su leche aquel par de ojos amarillos quedaron saciados y se echaron a dormir; pero llego la gran cuestión. ¿Cómo le llamaríamos? Por aquellos días yo leía algo de mitología greco-romana y se me ocurrió que al ser un animal negro de ojos amarillos parecía una pantera y se me antojo llamarle como el espíritu de la tierra aunque después descubrí que el gato era un macho y no una hembra como la titán Gea, de todas formas se quedo con una variante de ese nombre. Gaia creció como cualquier otro gato, aunque se podría decir que tenía una personalidad propia y bien definida. Bastante agresivo a la hora de juguetear, que por lo general terminaba asustando a la más pequeña y rasguñando a las otras dos cuando trataban de cortarle las uñas o de asearlo. Por las noches, si yo me descuidaba, boxeaba con los dedos de mis pies y después los quería devorar, yo me levantaba enfurecido mascullando maldiciones y lo echaba ascia fuera. Carolina me decía entre sueños cada vez que esto sucedía *"Cuando tengas que cruzar el rio de los muertos para llegar al mas allá, si lo sigues tratando así, no te a cruzar"* Carolina nació en la región de Santiago Tianguistenco en el centro de La Republica Mexicana y creció en sus alrededores. En esa región de México las creencias son muy tradicionalistas, en especial a lo que refiere a la muerte, los muertos y su celebración; la cual se encuentra llena de supersticiones. Herencia de los indígenas Aztecas que gobernaron por muchos siglos la región, estas supercherías se habían quedado impregnadas en el imaginario colectivo de esta localidad, trascendiendo muchas generaciones. Carolina y toda su familia no eran la acepción y cada 2 de noviembre iban a visitar al cementerio donde se encontraban sus padres sepultados y velaban toda la noche con mariachi, altares y ofrendas. Todo relativo al día de los muertos. Entre toda esta tradición no faltaba la creencia de que los animales o mascotas de las personas llevaban de ida y vuelta a el alma en el día de todos los santos y el día de todas las almas, o la otra que decía que si tu mascota presentía a la muerte rondando por tu hogar, este daría su vida para salvar la tuya. Yo como lo dije en un principio dudaba de todo esto y para mí no era otra cosa más que una bonita tradición.

Llegaron los días en los que Gaia se involucraba en peleas callejeras y regresaba en muy mal estado. En una ocasión, la cual no voy a poder olvidar, como a las 3 de la mañana escuche a Gaia luchando contra algo que gemía como un animal de gran tamaño, podía jurar que el lamento que escuche era el de una persona. Me levante inmediatamente y tome mi lámpara de mano y salí sin pensarlo. Lo que mire, es muy difícil de creer, he querido echarle la culpa a que me encontraba medio dormido, cuando encendí la lámpara y dirigí el rayo de luz en la oscuridad del patio trasero de la casa la sombra de un ser de túnica harapienta apareció, pero únicamente la sombra y ningún cuerpo físico que la generara, frote los ojos de la impresión y cuando volví a dirigir la luz al mismo lugar, solo distinguí un par de ojos amarillos y felinos en el piso, era Gaia. Lo tomé del suelo y lo llave hacia dentro de la casa. Cuando lo coloque en el lugar donde dormía, me di cuenta que mi camiseta estaba toda manchada de sangre y desperté a Carolina para que me ayudara a curarle las heridas que le habían infligido.

Los ataques de los que Gaia era víctima fueron esporádicos y los justifique pensando que lo que le sucedía era algo común cuando los gatos andan en celo. También encontré una explicación para los lamentos y la sombra. Los lamentos no eran otra cosa más que la misma gata que se encontraba en celo y que se asemejan a la de un niño llorando y por su lado la sombra no era más que una mancha en el cristal se mi lámpara de mano y nada más.

Quede satisfecho con esta solución, por lo menos durante algún tiempo aunque la misma historia se repetía cada vez que me levantaba a las 3am a defender a mi gato y así sucedió por un par de años. Pero llego el día en el que tuve la mencionada discusión con mi madre y los ataques en contra de mi gato se intensificaron en violencia y en repetición. La verdad no había yo encontrado asociación alguna en este detalle hasta que aquel fatídico Domingo 4 de Marzo cuando antes de irme a trabajar le mire con semblante decaído babeando espuma y temblando ahí supe lo que realmente sucedió. Mi gato había debatido contra la muerte durante todo este tiempo, defendiendo a cada uno de los miembros de mi familia. Al yo desearle la muerte a mi madre desde lo más profundo de mi corazón active una maldición que me hizo víctima del asecho de la muerte. Gaia había entregado su vida por mi madre en esta última batalla la cual se encontraba perdiendo. Le revisé de pies a cabeza y encontré una gran mordida en la base de su cola la cual se había infectado y exponía parte del hueso. Le serví su última comida y solo rece para que muriera con honor como el gran guerrero que era y me marche a trabajar con la esperanza de volverle a ver, aunque yo sabía muy bien de antemano que esto no sucedería. Por la otra parte, un gran milagro ocurrió. La gran miseria de la que mi madre era víctima aminoro a tal grado que le dieron de alta en el hospital en el que se encontraba internada y muy paulatinamente logró su recuperación y aun que ya no estaba al borde de la muerte su condición no dejaba de ser crítica. Desde entonces mi enfermedad se detonó al máximo y dormir parecía ser algo imposible de alcanzar. Comencé a frecuentar lugares a los que ya había visitado en esas noches de insomnio que había yo sufrido con anterioridad y que sabía con certeza que estaban abandonados. Comencé a dormir despierto y con los ojos abiertos tan solo por minutos como un mecanismo de "stand by" y que quizás el cerebro está programado para activarlo en esta clase de situaciones tan complicadas de la mente. Lo cierto es que después de 72 horas no fui capaz de distinguir la diferencia entre realidad y fantasía.

Los días pasaron así y mi semblante se marchito hasta que en una noche de luna llena escuche unos maullidos y al salir me di cuenta que era Gaia. Sin pensarlo me puse los pantalones y me dispuse a seguirlo. ¿Qué otra cosa podía yo hacer? ¿Fingir que dormía para no preocupar a Carolina? Corretee su sombra por las calles y las avenidas y cuando esta se me perdía, seguía al lamento de sus maullidos hasta que llegue a la vieja iglesia en ruinas y ahí me detuve para regresar a mi casa. Paso una semana y cada vez se me hacia mas difícil disimular mi vigila y el no poder conciliar el sueño, así que cuando podía, me salía por las noches y merodeaba a los alrededores del abandonado y viejo templo en el que se perdían los maullidos del gato. Sus paredes enmohecidas e impregnadas a humedad se estaban derrumbando; pero aun así, había algo en este lugar sagrado que se adueñaba de mi atención. Era quizás una fuerza sobrenatural ajena a mí, que me llamaba por las noches de insomnio y me invitaba a escurrirme entre las sombras y la oscuridad. En medio de ese gran silencio que se imponía, entre los rincones de las bancas de madera aun podía yo escuchar los rezos y las plegarias de vidas pasadas que se reunieron en este lugar para alabar a la deidad. Aunque en la actualidad ya todos han perdido la fe en los acontecimientos divinos; pues la mayoría de las personas solo esperan que las hilos del destino poco a poco se vayan adueñando de la voluntad del ser.

Los pensamientos me daban tantas vueltas por la cabeza, que no podía detenerme en uno solo, así que me senté en una de las bancas para esclarecer la mente. Sentado ahí, me dispuse a pasar la noche hasta la llegada del amanecer; pero esta noche era diferente a todas las anteriores. En el ambiente, se podía distinguir cierta fragancia mística que impregnaba el aroma del lugar y el espacio del mismo parecía como si menguara, haciéndose a cada segundo más angosto. Trate de ignorar esa sensación y me dedique a admirar las ruinas de los alrededores con la escasa luz que había. En repetidas ocasiones, con lujo de detalle, había recorrido con la vista los murales de aquel sombrío lugar. Cuál fue mi sorpresa cuando descubrí que entre las figuras de la pared que se encontraba en el fondo se encontraba la figura de gato negro y a un costado, se perdía entre los viejos maderos derrumbados una clase de pasadizo escondido que pasaba desapercibido. Me puse de pie asombrado y decidí adentrarme entre sus cámaras secretas. Anteriormente yo había venido a este lugar y pasaba las horas más oscuras de la noche recorriéndolo; pero jamás había notado la existencia de estos pasillos ocultos que poco a poco descendían a una especie de sótano o gruta subterránea donde las telarañas parecían ser parte del decorado.

Una vez estando adentro de aquel lugar, me era casi imposible ver. Así que encendí uno de mis cigarrillos y con la luz del encendedor empecé a abrirme paso entre la oscuridad. Como era de esperarse los muebles eran de antaño y de adornados con temas religiosos. Había unos estantes que contenían muchos libros antiguos, entre ellos encontré unos volúmenes de algunas ciencias olvidadas. Me dispuse a buscar alguna otra fuente de iluminación ya que no quería agotar el combustible que mantenía a mi encendedor encendido. Busque entre el lugar cuando de pronto la flama de mi encendedor calentó de mas la cubierta de metal y me quemo arrojándolo yo bruscamente hacia el suelo. Después de esperar un poco a que se enfriara lo busque a tientas sobre el suelo, encontré muchas cosas polvosas que yacían por ahí, seguí buscando sin pensar en lo que mis manos tocaban hasta que por fin logre localizarle.

Al encenderlo me tope de frente con un esqueleto del que salía una araña de bastante tamaño. Di un gran salto hacia tras y me incorpore de inmediato, nunca me ha gustado la apariencia de estos insectos así que decidí darle muerte, tome uno de los volúmenes que se encontraban en el estante y mientras el animalejo se acercaba a mi mano con la otra le di tremendo azotón con el libro, que un liquido viscoso salpico mi rostro. Me limpie de inmediato pues me daba bastante asco. Era bastante obvio que en estas condiciones no podría yo lograr mi cometido, así que abandone tan escalofriante empresa por el momento y decidí volver al día siguiente con unas cuantas veladoras que me pudieran auxiliar a ver en aquel lugar durante la noche. Las horas habían pasado sin que yo me percatara de ello y el amanecer estaba ya muy próximo así que decidí regresar a mi hogar para descansar la vista un poco antes de que yo tuviera que asistir a mi trabajo a las 9 am de la mañana.

Algunas personas tienen cierta sensibilidad para ver la verdad dentro de las cosas más triviales. Quizás esto sea una consecuencia de estos tiempos modernos. Sin embargo me fue imposible acudir al siguiente día; pues Carolina estaba notando las marcadas ojeras que hundían mis ojos y en mi contemplación delusiva de la realidad yo presentía que ella presentía que yo ya no dormía. Fingí dormir por otros 27 días y durante todo este tiempo no hacía otra cosa más que divagar pensando en el posible contenido de esos volúmenes tan enigmáticos, durante el día especulaba que tal vez se trataba de una listado de sacerdotes pedófilos que habían sido anotados en una lista negra desde tiempos memoriales, pero una vez caída la noche infería que quizás esto era ilógico y mis conjeturas me llevaban a pensar que quizás eran documentos apócrifos que se encontraban ocultos por muchos años y que revelaban secretos oscuros de la religión. Una y otra vez le daba vuelta a los mismos temas durante el día y por la noche; tanto así, que se volvió una obsesión que me carcomía la mente. Hasta que la luna llena se volvió a presentar una vez más y no pude aguantar por más tiempo mi curiosidad. Le di a Carolina una fuerte dosis de Te de tila, valeriana, melatonina y una sustancia llamada difrenhidramina. Las mezcle en la tetera y le serví una taza y otra para mí. Ella cayo rendida a los pocos minutos, mas yo... yo permanecí lucido, hipnotizado por el efecto mesmerico de la luz de la luna llena y de pronto un maullido que me erizo los bellos de la espalda se dejo escuchar, yo sabía quién era, sabía bien donde lo encontraría, y podía presentir que deseaba lo mismo que yo. Tome las veladoras y varios artículos que me ayudarían a pasar la noche y que había comprado desde hace semanas atrás. Me apresure sin siquiera pensarlo hacia la tétrica iglesia; al igual que lo hace una mosca que se dirige hacia la llamativa luz azul que la electrocuta al caer en la trampa. Una vez llegando pude ver la sombra de un gato que se encontraba en algún tejado y que la luz de luna provocaba que cayera de manera caprichosa, justo a la entrada del templo. Infatuado ante la posible presencia de creaturas fantasmagóricas que pululaban en la atmosfera de aquella noche. Me introduzco atreves del viejo portón que servía como entrada principal del templo. La madera tronaba de forma muy aterradora al empujarle y las bisagras rechinaban con tan macabro estruendo que me erizaban la piel; pero lo que realmente me aterro, fue que justo al abrir de par a par el portón, frente a mí estaba la lánguida imagen de mi mascota a quien creía yo muerto. Fue tanta la impresión que el corazón me saltaba por el pecho, casi como si quisiera abandonar mi ser. Al mirarme, el animal emitió un chirrido agudo, como si se tratase de un maullido de ultratumba. El gato hecho la carrera hacia la misteriosa mazmorra subterránea y se perdió entre sus sombras. Inmediatamente encendí una de las velas que traía, y me dirigí a buscarle, pero no le encontré. Seguí sus pisadas que se habían quedado grabadas por encima del polvo que cubría aquel lugar; pero estas terminaban en la portada de un viejo grimorio y justo ahí se perdía el rastro. Encendí unas cuantas veladoras mas, las cuales coloque estratégicamente por aquel lugar para aprovechar al máximo su luminosidad y me dispuse a tratar de leer aquel viejo documento.

Era un libro misterioso escrito en latín antiguo, que relataba la historia de uno de los primeros obispos y sus subordinados, que se introdujeron a América y que tuvieron una relación cercana con los indígenas nativos de la época prehispánica. En sus renglones se encontraban las torcidas historias de cómo se rompió el celibato de varios de los miembros de la congregación, quienes fueron seducidos por las delicias de la piel azteca. Así fue como ellos aprendieron de los espíritus de la tierra y de los grandes dioses del Mictlán que resguardaban el mundo de los muertos. después se hacia mención de ciertas profecía de la llegada del hombre blanco y como los clérigos aprendieron de los sacrificios humanos de la forma más macabra y trágica, al ser ellos la ofrenda para los grandes dioses del Mictlán. Pase gran parte de la noche tratando de traducir el contenido de las páginas de este documento pero decidí partir, porque ya había avanzado la noche y estaba por llegar la luz de la mañana. Cuando Salí del templo, escuche una vez más el maullido de ultratumba antes descrito y un gran rayo de luz de luna me golpeo en la mirada dejándome en una especie de trance hipnótico en el que mi mente quedo fijada por algún tiempo en la selénica esfera, mientras yo veía una especie de visión premonitoria. Esto fue lo que vi en el interior de la luna:

La Primera Luna

Hoy la noche nos mostraba su belleza,
De un rincón al otro del firmamento las estrellas titilaban;
Pero en la luna se reflejaba una imagen muy absurda.
Qué locura.
La primera luna era una mujer desnuda,
Que ante el espejo se miraba,
Se peinaba y todas las partes de su cuerpo se acariciaban.
Pero su cuerpo estaba enfermo,
Muy pálido casi muerto.
También su maquillaje era exagerado.
Muy marcado.
Pero el reflejo en el espejo que ella miraba era diferente,
Un reflejo que solo lo percibía su mente.
Entonces ella se vestía con una blusa muy escotada
Y una falda tan pequeña que cuando se agachaba,
Las delicias de su piel sin alma mostraban.
Mientras tanto ella pensaba a cada instante,
Que el dinero no importaba,
Al fin de cuentas el dinero no compraba la felicidad que ella perdía.
Ella tan solo lo que quería era que la amaran.
Cada noche invitaba a un hombre diferente a su cuarto
Y a su cuerpo,
Pero estos hombres que invitaba tan solo la maltrataban,
E insultaban.
Ella por dentro lloraba esta triste humillación,
Pero por fuera ella se reía con alegría,
Que más le quedaba.
Y al amanecer cuando ellos se marchaban,
Tan solo dejaban unos billetes al lado de la cama.

- yo solo deseo que me amen de verdad

Cuando Salí de este trance mesmerico me encontraba de pie, pero con mi columna vertebral completamente arqueada ascia atrás, con mi cabeza mirando a mis espaldas, y con mis brazos extendidos a los lados; pero justo en el lugar donde yo había perdido el conocimiento. La puesta del sol indicaba que yo había pasado todo el día ahí. Inmediatamente me puse en contacto con los supervisores en mi trabajo y me disculpe por no haber asistido. Comencé a caminar de regreso a casa pero algo estaba mal en mi percepción de la realidad. Todas las mujeres o estaban desnudas o se acariciaban de forma muy inapropiada. Justo como mi visión. Algunas llevaban maquillaje tan marcado y exagerado que parecían la representación de payasos trágicos y yo sentía que todas se me quedaban mirando de forma muy extraña. Al llegar a casa simplemente omití decir lo que estaba alucinando y fingí que nada de lo anterior había ocurrido; aunque quien estaba en mi casa no era Carolina o por lo menos eso era lo que mis ojos veían. Quien me recibió era aquella mujer que había visto en mi revelación, aunque mis oídos reconocían la voz de Carolina en esta mujer, pero seguí pretendiendo que nada de esto estaba ocurriendo. Me di un baño con agua bien fría y decidí nunca más regresar a aquel lugar maldito. Cuando Salí de la ducha todo parecía haber retornado a la normalidad.

Que ilusas podemos llegar a ser las personas al no darnos cuenta de las vueltas que nos tiene preparadas el destino, aunque en ocasiones uno puede llegar a negar sus consecuencias y pretende creer que uno lleva las riendas, la verdad es otra. Aquel lugar me buscaba eso lo pude saber con el tiempo. mi destino estaba marcado a regresar ahí, una y otra vez, aunque por el momento yo creí haberme deshecho de la necesidad de regresar a ese maldito lugar; ya que yo había saciado mi curiosidad y sabia a grandes rasgos de lo que trataban aquellos viejos y empolvados libros. Pero no fue sino hasta el pasar de otros 28 días que me di cuenta en realidad que tan atrapado me encontraba de estas alucinantes premoniciones. Los días habían pasado y mi situación aun no mejoraba. Aun continuaba yo sin dormir tan solo cerraba mis ojos para tratar de descansar aunque mi mente no reposaba con la tranquilidad qué proporciona el dormir, pensé por un momento que necesitaba ver a un especialista ya habían pasado muchos meses y la verdad no aguantaba más. Así que decidí que cuando saliera del trabajo sería lo primero que haría. Encendí el automóvil maneje por largo tiempo hasta llegar a la autopista 405. La luna comenzó a resplandecer entre los nubarrones que anunciaban una gran tormenta. Apenas caída la tarde y esta ya mostraba su gran brillo, mis ojos la miraron fijamente mientras conducía yo mi automóvil y justo ahí perdí el conocimiento.

La segunda luna

El silencio acalló a la noche
Como un manto que protege al unísono,
Y solo las nubes cubrían los cielos.
Cuando elevabas la mirada,
Entre los espacios que hay entre nube y nube
La segunda luna brillaba.
Un aro azul le rodeaba
Y las cosas que la luna dejaba ver eran extrañas.
Un hombre en la oscuridad de su habitación
Se sumergía en la oscuridad de su ser.
Una sola luz que caía diagonalmente les iluminaba,
Y revelaba parte de su rostro,
Parte de su angustia
Y parte de su oscura esencia.
En el cono de luz que se alcanzaba a ver
Hilillos de un humo se paseaban de un lado al otro,

Mientras que en su mirada
Se miraba la tristeza que le carcomía por dentro a el alma,
Mientras que de su boca
Salían más bocanadas de ese humo
Que el fumaba en un tubo de cristal.
Todo esto sucedía dentro de esa habitación,
Pero en su mejilla se lograba ver como una lágrima rodaba
Y recorría parte de su rostro,
Mientras que simultáneamente
Una lágrima recorría las paredes internas de aquel tubo de
cristal.
Al calor de una flama el consumía
A esta sustancia que lo consumía.
Fumaba el líquido de su reflejo,
Y se encontraba estancado en su veneno.
Si, el veneno de un humo denso que nublaba su vista
Y nublaba su realidad.

- A dónde vas alma perdida, adonde vas.

- A escapar de esta triste verdad.

Al recobrar el conocimiento me encontraba hasta la punta
de la cruz más alta de aquella abandonada iglesia. De
cuclillas me postraba como un ave a punto de emprender
el vuelo, con mis alas extendidas. El umbral nocturno
marcaba aproximadamente la medianoche y la tormenta
caía incesantemente mientras yo me trataba de explicar
a mí mismo como había yo llegado hasta ahí. Baje con
mucho cuidado de no resbalarme por el tejado y me las
ingenie hasta llegar al suelo, la tormenta era muy fuerte
no sabía dónde demonios se encontraba mi coche y no me
quedo otra alternativa más que refugiarme dentro de aquel
edificio, por lo menos hasta que el fuerte aguacero pasara.
Ya ahí dentro, decidí seguir leyendo aquellos grimorios.
Todos los artículos que yo había traído se encontraban

ahí donde yo los había dejado. Tome la manta que se encontraba en la mochila del suelo y encendí los candiles que había yo llenado de velas. Los libros seguían ahí sobre una mesa vieja donde yo mismo los había colocado. Como congelados por el tiempo y esperando impacientes a mi llegada, como si estuvieran ansiosos a que yo les volviera a leer.

Cuando me dispuse ha abrir otro de las antiguas crónicas de los sacerdotes, un gran estruendo se escucho afuera, era evidente que la tormenta avivaba su intensidad. En este libro se explicaba con más detalle quienes eran los lores, o más bien los señores del Mictlán y sobre la gran cultura Náhuatl. A lo que yo lograba entender los Náhuatl creían que perecer era la última morada del ser humano antes de emprender una transición hacia un destino superior. Los aztecas se consideraban a si mismos como los guerreros del sol y la muerte representaba tan solo una parte de la conclusión del destino. Sus rituales involucraban sacrificios humanos que servían para fortalecer al Sol-Tonatiuh. Como recompenza por su sufrimiento, los dioses derramaban la luz del día y hacían caer la lluvia que llenaba todo a su alrededor, de vida. Y era en las puertas del Mictlán donde hacían los derramamientos de ríos de sangre para alimentar a los señores de la tierra de los descarnados. Con forme mi lectura seguía avanzando, la tempestad se calmaba en las afueras así que decidí pausar mi lectura aquí en este preciso punto antes de conocer las identidades de estos Dioses del mundo de los muertos, y me apresure por llegar a mi hogar, el auto estaba a unas cuadras de la iglesia y le encontré gracias a que en repetidas ocasiones lo extraviaba en los estacionamientos de los supermercados y presionando el botón de la alarma este emitía un sonido y encendía sus luces. Llegue a casa poco antes de las tres de la madrugada y como era de esperarse encontré a Carolina un poco preocupada, pero le mentí para reconfortarla diciéndole que había ido a un bar, que se me pasaron las copas y perdí la noción del tiempo. Ella fingió creerme y tan solo me pidió que nos fuéramos a dormir. Mientras fingía dormir mi mente se imaginaba esos grandes momentos de los antiguos indígenas prehispánicos y figuraba en mi mente las grandes batallas y la celebración de sus elaboradas creencias y así me llego el alba.

Cuando me encontraba en el trabajo fui al baño para echarme un poco de agua en la cara, cuando algo extraño sucedió. La electricidad del lugar se interrumpió y se encendieron las luces de emergencia. Por el espejo vi algo que me sorprendió bastante, era aquel individuo de mi premonición y se encontraba ingiriendo alguna sustancia en su tubo de vidrio. Voltee de repente un tanto alarmado pero solo para encontrarme con la oscuridad del baño. Trate de salir del lugar inmediatamente algo estaba pasando en mi trabajo alguien le había prendido fuego así que los agentes de seguridad evacuaron el lugar inmediatamente y llamaron a los paramédicos. Yo me encontraba atrapado sin saber a dónde dirigirme la gente que se encontraba aun adentro parecían como desesperados pero no por las llamas sino por prender sus encendedores y consumir sustancias en tubos de vidrio, sus rostros eran cadavéricos y muy delgados, sus cuerpos parecían ser víctimas de una gran anorexia y algunos se halaban el cabello has arrancárselo justa aquí supe que estaba siendo víctima de otro de mis ataques de alucinación cerré los ojos y me tire al suelo en un gran llanto sin saber qué hacer. De pronto alguien me saco a empujones y jalones del edificio, este en verdad se estaba consumiendo por las llamas. Algo realmente había pasado. Mis alucinaciones y la realidad se estaban entrelazando en mi cabeza, saliéndose todo completamente de control; pues ya no supe definir cuál era cuál. Partí del lugar mientras veía como se derrumbaba este entre las llamaradas y el humo.

Al llegar a mi casa, tomé el teléfono y hablé al consultorio de un psicólogo que Carolina había conseguido para mí era bastante obvio que a ella no la podía engañar y que Carolina se había dado cuenta de mi condición, desde que esta inicio. Sonó el timbre dos veces y cuando me contestaron pude escuchar a lo lejos que alguien decía en un murmullo *"trata de volar con las alas rotas."* Mientras un maullido de ultratumba resonaba fuertemente en el auricular. Trate de calmarme y espere a escuchar la voz de la señorita que me saludaba y después me indicaba a donde estaba yo llamando. Efectué una cita; pero no era posible atenderme hasta dentro de mes y medio ya que el doctor se encontraba de vacaciones. Pasaron otras cuatro semanas más, en las que yo miraba personas drogándose o abusando de sustancias por doquier. Decidí no ir más a la vieja iglesia, al menos no en mi sana voluntad. Cuando nuevamente la luna llena apareció por los cielos mis nervios estaban al margen del delirio pues yo sabía perfectamente lo que esto indicaba. Así fue, una vez mis ojos cruzaron contacto con la luna, sentí como de las sombras de la noche salían millones de perros negros de ojos rojos, que ladraban ferozmente a todo mí alrededor, con toda la intención de morderme. Supe en ese instante que una tercera premonición había llegado, mientras lentamente perdía la conciencia.

La Tercera Luna

En esta ocasión la luna era radiante,
Se colgaba de las barbas de la noche.
Oscilando del lado contrario por donde se pone el sol.
La tercera luna era amarilla,
Era enorme… era gigante.

Aunque todos sabemos que esta distante,
Solo un ser no lo creía,
En verdad él la veía
Y por dentro sentía una nostalgia tan profunda.
Que agonía.
A lo lejos su llanto se escuchaba
Cada vez que esta estaba llena,
Su aullido se dejaba oír por toda la comarca.
Al mirar hacia el horizonte,
En el paisaje lejano,
Se lograba ver su silueta al borde del acantilado.
Ahí en lo más alto,
Cargándose de esa nostalgia
Se presenciaba al último de su clase.
El ultimo lobo.
El hombre se ha encargado de acabar con su especie,
El por su parte,
Se ha encargado de devorar al hombre.
Pero de su vieja manada
Solo quedan los huesos,
Que él se ha encaprichado a esconder entre las piedras,
Para que los cazadores no los encontraran.
Su cuerpo ya pasa de los trece,
Ya ha vivido lo suficiente
Y al solo hecho de andar,
Le duelen las patas.
Al parecer él es todo lo que queda de su gran jauría.
En sus adentros
El sabe que se dio el lujo de convertir en presa
A sus depredadores.
Antes de ver por última vez la luna,
Él desea que toda su manada pudiera renacer
Sin tener nunca que morir por la mano del hombre.

- Quisiera no tener que dejar de existir...

Al recobrarme de la influencia hipnótica de la luna, me encontraba de rodillas en la parte trasera de la iglesia. Ahí, las ruinas de un pequeño mausoleo se erguían y en medio de los sepulcros me encontraba yo y el cadáver de un perro; al cual yo acariciaba y restregaba contra mi rostro. Una gran angustia me consumía por dentro o por lo menos un instante antes de recapacitar; porque el nauseabundo hedor a putrefacción me condujo a la realidad. Unas náuseas incontrolables me invadieron, pero me contuve. Trate de no perder la calma esto se tendría que terminar... o al menos eso me imaginaba yo que sucedería una vez el especialista analizara mi caso y lograra encontrar el origen de estas alucinaciones y comportamiento errático; producto de muchos meses de insomnio. Me incorpore, pero de pronto, mis espaldas sentí la presencia de un animal. Trate de ignorarle y camine lentamente hacia enfrente pero los gruñidos y ladridos que este animal producía eran escalofriantes. Al voltear la vista atrás era ni más, ni menos que el mismo animal muerto al que yo acariciaba. Fue muy grande mi asombro; pero me sorprendí aun mas cuando de entre las sombras de las tumbas, vi salir a mi defensa a quien menos me imagine, era Gaia. Este me indico con su mirada la entrada trasera de la iglesia y después miro fijamente a aquel animal que estaba medio muerto y medio vivo, y no le despego la mirada mientras emitía aquel maullido infernal. Mi razón me indicaba que esto no era más que una alucinación mas, pero en las ultimas condiciones en las que yo me encontraba ya no sabía que era realmente que, así que decidí seguir a mi instinto y hacerle caso a mi gato para refugiarme en el interior del gran templo. Ahí adentro no lo dude mas y me dirigía a la gruta para seguir leyendo aquellos antiguos libros mientras afuera lentamente se desvanecía el ruido de una gran lucha entre dos animales que en su momento creí que estaban muertos.

Continué en la página en la que me había quedado la vez anterior y empecé a descifrar el nombre de estas deidades del Mictlán. La primera que me llamo la atención fue Chalmecacihuatl "La Sacrificadora" encargada de hacer fluir la sangre que hervía en un gran altar al que dedicaban la muerte a los dioses del fuego. En las descripciones encontrábamos lugares tan remotos e inhóspitos donde estas deidades se las habían ingeniado a habitar, pero al final de un largo viaje de cuatro años estaba Chicunahuapan hogar de "La Reina de los Descarnados" Mictecacihuatl y su esposo Mictlantecuhtli "El señor del Inframundo" ambos gobernaban el destino final de los muertos. Detuve aquí mi lectura; pues sabia que Carolina estaba consiente de mi condición. Así que paro no preocuparle más abandone aquel lugar y me apresure para acudir rápidamente a mi hogar. Todo esto que yo supuestamente estaba leyendo, quizás era producto de mi imaginación malsana, yo no podía arriesgar mi salud mental mas, creyéndome delusivas alucinaciones que mi mente generaba. Era evidente que necesitaba la ayuda de una persona especializada en esta clase de conflictos del sueño. Llegue a casa y como me imaginaba eran las cuatro de la madrugada y Carolina me estaba esperando en la puerta de la entrada. No me dijo nada, solo se tapo su nariz por la gran apeste a muerte que yo despedía y me dio una toalla para que me metiera a bañar.

Paso el tiempo y la cita con el especialista se aproximaba pero dos días antes de esta, fui víctima de un gran ataque delusivo, los delirios de perros que me perseguían por las calles me asechaban, al parecer mis alucinaciones seguían un patrón estrechamente relacionado con mis premoniciones; pero lo más degradante de mi condición es que le empezaba yo a dar credibilidad a que esto me sucedía por una razón especial y comenzaba yo a justificarla. Todo esto se lo comente al doctor y este me receto fuertes medicamentos antidepresivos y una buena dotación de calmantes y somníferos. Las indicaciones que me dio fueron muy precisas. Me reconforto al decirme que esto era más común de lo que yo pensaba y que en un santiamén, yo estaría de vuelta en mi sano juicio, como si nada hubiese pasado. Pero llego la fecha en la que la luna volvía mostrar su esplendor y un gran temor lo resentí en la boca de mi estomago cuando en la claridad de la noche mientras yo caminaba en las afueras de la gran ciudad la conciencia me abandono una vez más.

La Cuarta Luna

… Y la tarde iba muriendo,
La oscuridad atrás de ella le seguía
Y la noche era clara.
En lo alto se miraba la cuarta luna que iluminaba,
Esta al parecer hacia la tierra se precipitaba;
Era una luna tan bella
Tan hermosa.
Se asemejaba como a una lagrima
La cual rodaba por los horizontes del universo,
Pero parecía que caía
Con tanta intensidad que deslumbraba
Pues su presencia se encontraba tan cercana
Como en ninguna otra ocasión.
De pronto,
Desprendiéndose de la luna un ángel caía,
Pero no agitaba sus alas
¿Qué pasaría?
Porque al parecer no las tenía.
Qué pena,
Con demasiada tristeza
En el fondo de una caverna
En las profundidades más oscuras de la tierra
Ahí aterrizo.

En la parte más oscura y fría de esta caverna
Este bello ser lloraba
Y se lamentaba eternamente.
En silencio se preguntaba tantas cosas,
Lo que sucedía no lo entendía
Y a lo alto su vista dirigía,
Como buscando una respuesta;
Pero nadie respondía.
Si prestabas suficiente atención
En la profundidad de su mirada
Se podían ver los celos y el odio
Que el tenia hacia la humanidad,
Al parecer él era su propio carcelero.
Su rencor hacia los humanos era inmensurable.
Como prueba de su malicia
Corrompe al ser más puro de todos,
Si, el primer ser humano es corrompido
Y las lágrimas de este ser,
Son los lagos de azufre
Que se encuentran en lo más profundo de los infiernos.

- ¿Por qué?… ¿Por qué los proteges a ellos, si yo…
Yo te amo tanto?

Una vez más, me había sucedido lo mismo; pero en esta ocasión tan solo me encontraba llorando de rodillas en el reclinatorio de una de las bancas de la iglesia. Por un instante pude sentir toda esa pena, todo ese amor mal dirigido y toda esa ira que culminaba en lo más profundo y negro del odio. Aparentemente ya me daba una idea de asía donde se dirigía toda esta delirante alucinación, así que me incline por darle rienda suelta a mi locura. Tenía que colmar la copa de estas alucinaciones y embriagarme con estas. Quizás así, todo este ir y venir; consiente e inconsciente a este tenebroso lugar, acabaría. En la cumbre más alta del campanario ruidos similares a los de alguien subiendo unas escaleras pudieron dejarse sentir en las vibraciones del suelo. Después un sonido agudo se hizo escuchar, eran las campanas de la iglesia que resonaban doce veces dejando saber a su alrededor la llegada de la media noche. Pude ver a traves de los ventanales como una estrella fugaz se precipitaba rápidamente al suelo. Un relámpago y después un gran estruendo. Cuando voltee a mi costado pude distinguir la figura de alguien que se encontraba de rodillas, y pude distinguir que las alas de este ser las habían cortado y las cargaba en su brazo. Miraba fijamente a la imagen sagrada que se encontraba en lo alto, lloraba en silencio mientras apreciaba con ojos enternecedores aquel lugar; pero al dirigir la mirada a mí, pude sentir como esta se transformaba de un arrumaco a una expresión de odio que calaba al sentirla fijamente en mi rostro. Ignore lo sucedido y me apresure a llegar a el pequeño despacho que me había construido en los túneles secretos de la iglesia y proseguí mi travesía en seguir leyendo mis antiguos libros. Esta vez lo hice de buena voluntad y dispuesto a entender sus misterios allí grabados. Aunque también estaba consciente que una vez llegando la luz del día iría a visitar a mi psicólogo y le explicaría esta alucinante experiencia.

La lectura me mostraba la descripción de un lugar llamado Mictlán ubicado muy al norte, mucho más de lo que cualquier ser vivo pudiera llegar. Este lugar estaba dividido en nueve regiones de estratos subterráneos y en la última se encontraba la morada del señor y señora de este lugar que anteriormente había mencionado. El primer recinto o habitación mencionada se llamaba "El Lugar de los Perros" donde el alma del difunto tenía que atravesar un tenebroso rio ancho llamado Apanohuáyan. Para poder cruzar este rio de aguas negras como sanguaza gangrenada era necesaria la asistencia de un Xoloitzcuintle. Una especie de perro calvo que ayudaba a llegar al otro lado del más allá. Era muy importante que en vida el alma del difunto hubiera tratado con buena manera a sus mascotas en especial a sus caninos, esto me hizo recordar las palabras que Carolina alguna vez me había dicho. Una vez cruzando este rio llegábamos a la región donde dos cerros se abrían y se cerraban chocando entre ellos, incesantemente. Si el alma del difunto logra cruzar estas murallas de petatillo, el acceso al tercer recinto era posible y se topan con una montaña de cuchillas de obsidiana que era necesario escalar para poder proseguir en su viaje. Aquí la carne espiritual de muchos que habían fallado en su cometido quedaba atrapada entre las filosas piedras oscuras y se podía ver más adelante como los esqueletos quedan atrapados en las mismas. Pero si se era lo baste precavido llegábamos a la cuarta morada, la cual era la cumbre de la bóveda en donde la nieve era incesante y calaba como filosas cuchillas. Una vez cruzada esta habitación llegábamos hasta la falda de la montaña Itzehecáyan donde nos topábamos con un enorme desierto de ocho paramos donde era posible ver volar a espíritus que se ondeaban como banderas una vez atravesado llegaríamos al lugar donde la gente es flechada. Aquí millas de manos invisibles lanzaban sus saetas a los cuerpos espirituales de los difuntos para poder atravesarlo era indispensable esquivar estas flechas y aguantar el dolor de las que habían acertado en el blanco. Una vez atravesado este tortuoso lugar llegaríamos a la Teyollocualóyan. En este lugar fieras salvajes de las sombras asechaban la llegada de los infortunados para poder devorarles el corazón. Aquellos que caían presa de estos depredadores terminaban en las aguas negras de los valles de la muerte. Si la fortuna nos brillaba llegaríamos hasta el templo que humea con agua ahí nos encontraríamos con una densa y grisácea neblina que enceguecía a la vista. Muchos se perdían aquí tan y solo se escuchaban sus lamentos, mientras se ahogaban en las negros cenotes de chapopote. Al final de este recorrido llegaríamos al Chicunahuápan morada de los dioses de la muerte y lugar donde se liberaba la "Tonalli" el alma.

Una vez concluida esta lectura, me apresuré por llegar a mi casa. En el trascurso la penumbra de la noche aun se encontraba en el cenit, una lluvia de estrellas me impresiono y pude ver como una tercera parte de estas luces se descolgaban de las barbas del negro firmamento. Todas estas luces pude ver que caían cerca de mí una detrás de la otra y ahí me di cuenta que eran ángeles expulsados del paraíso. Ignore el llanto incesante de estos bellos seres celestiales, pues yo está bastante seguro que Carolina se encontraba impaciente. Así fue, pero ella me comprendía… tan solo me dijo que viera al especialista por la tarde y así lo hice. Al psicólogo le expliqué a detalle mis alucinaciones y los grimorios prohibidos que me encontraba leyendo. Tan solo me dio más drogas y me recomendó que me relajara. Así que decidí asistiría a un gran concierto de rock gótico y le pedí a carolina para que me acompañara. El concierto se celebraría en 28 días yo sabía bien que era lo que pasaría llegada la fecha.

Paso el tiempo y llegó la fecha del concierto, ahí en la gran explanada y en medio de la neblina que cubría la gran noche pude ver un aro resplandeciente mientras la música resonaba en su máximo explendor. Carolina me observó mientras le dije que no se asustara que esto me pasaba cada vez que la luna llena se asomaba y de pronto perdí la conciencia mientras apreciaba el resplandor de la luna atreves de la niebla.

La Quinta Luna

El ambiente en esta noche era frío
Y una neblina densa obstruía la visión,
La luna entre la bruma casi no se apreciaba,
Solo una silueta redonda y luminosa
Esto era lo que se alcanzaba a ver del astro celeste.
En estas condiciones
La quinta luna daba lugar
A la mente torcida de un hombre
Que se escondía entre las tinieblas de la noche.
El parecía estar algo contento,
Porque por fin había encontrado
A la princesita que completaría a su colección de muñecas.
Ella por su parte yacía en el suelo
Después de recibir en la mejilla derecha un golpe intenso
Que la dejó inconsciente.
Cuando ella despierta
Una luz muy brillante le da en el rostro
Y se percata que se encuentra completamente desnuda
Y por alguna razón inmovilizada
Pero consciente de su alrededor,
Quizás el efecto de algún sedante
Que le fue subministrado.
El al darse cuenta que se encuentra despierta
Se aproxima hacia ella
Y le susurra muy dulcemente al oído,
Que ella es la favorita de toda su colección
Y que nada malo le va a pasar si ella se sabe comportar.
Mientras el lentamente
Desliza su mano derecha hacia su entrepierna
Y con la izquierda busca la parte más delicada
De la entrepierna de ella.
Después de satisfacer
Sus más perversos y oscuros fetiches sexuales

Él se incorpora
Y se dirige a una mesa de trabajo
Donde él tiene una amplia variedad de objetos punzo cortantes
Toma un bisturí y se lo muestra
Mientras ella en un inútil intento del instinto de supervivencia
Lanza un grito en silencio
Hacia los adentros de su ser.

- No llores, solo quiero mostrarte como late tu corazón...
y quizás... te muestre como late el mío.

Cuando recobré la razón, todas las personas que se encontraban en el concierto aplaudían frenéticamente y me estrechaban la mano y trataban de llamar mi atención. Me dejé llevar por la emoción que transmitían, y comencé a sonreír y hacer reverencia al sonido que hacían al clamar mi presencia. He de admitirlo que me encontraba muy confundido, pero también estaba gozando mis 5 minutos de fama. El grupo siguió tocando su música y entonces su atención se centro en la banda de rock. Justo ahí, la realidad se comenzó a doblar y a perder el sentido. Observaba yo dentro de un gran asombro, que de entre sus bocas, afilados dientes como los de un animal depredador comenzaban a crecer poco a poco y de las pupilas de sus ojos salía un liquido oscuro, que los cubría con una mancha negra, su expresión dejo de ser la de un ser humano y se transformo en la de un demonio demente, mientras que los integrantes de la banda de rock la piel se les caía a pedazos mientras tocaban su música. La gran multitud de aficionados, se comenzaron a empujar unos a otros y con gran violencia comenzaron una danza que parecía un ritual para alabar a los dioses del inframundo. Con codazos y patadas atacaban a cualquiera que se entrometiera dentro de su espacio personal y recorrían los alrededores de un circulo imaginario en el que giraban infinitamente. yo podía jurar que si esto se miraba desde arriba parecería como el ojo de un gran huracán humano que se remolineaba para llamar la atención de las deidades de arriba o en su defecto, llamaría la atención de las que se encuentran abajo. Alguien me halo por la espalda y dijo mi nombre, era la voz de carolina; pero al voltear a verla, el rostro era el de uno de estos demonios. Al verla, la empuje por instinto, aunque inmediatamente la levante pues yo estaba consciente que esto no era otra cosa, más que un producto de mi imaginación retorcida. El alarido de la gente estaba en su apogeo cuando dejamos el concierto, y entonces Carolina me explicó lo sucedido. Según sus palabras, yo había comenzado a danzar de forma violenta y con mis codos empujaba a todo aquel se acercara a mí, alguien se molesto por mis acciones y quisieron atacarme, pero un gran rayo de luz que parecía ser disparado por la misma luna me ilumino y de entre mis cabellos un gran penacho fantasmagórico apareció, mientras yo bailaba, de las misma manera que después todo ellos trataron de imitar.

El tiempo pasó y la llegada de otra luna no se hizo esperar. Esta vez yo estaba ansioso por su llegada. Ni los medicamentos del doctor, ni sus terapias de psicoanálisis, habían podido alejar de mí la enfermedad del insomnio. Aunque sus recomendaciones de divertirme habían podido aminorar mi angustia. Caminaba yo por una de las avenidas mientras el atardecer cubría el cielo de colores rojizos. Pude distinguir en lo alto del cielo una luz que me hizo perder el conocimiento.

La Sexta Luna

El viento resollaba intensamente
Como si quisiera apagar al sol de un soplido,
Por su parte
El sol se perdía lentamente en la delgada línea del horizonte,
Para así darle paso a la oscuridad
Que traía la noche
Y escurriéndose por los callejones oscuros de aquella gran
ciudad
La luz de la luna hacia lugar.
La sexta luna era un torrente de luz,
Que formaba unas sombras muy austeras,
Muy confusas.
De pronto entre esas sombras y la mugre de los callejones
La silueta de un hombre se podía apreciar.
Se veía viejo y cansado.
Enfermo y olvidado.
Entre la basura algo buscaba,
¿Qué sería?
Cuando lo encontró
Con la solapa del saco roto y sucio que traía
Lo limpio y después en uno de los bolsillos lo coloco.
Curiosamente sus manos llamaban mucho la atención
Pues no eran las de una persona común
Más bien parecían las manos de un profesioncita
O quizás de un gran Señor,
Eran unas manos largas y muy delgadas,
Las coyunturas de los huesos de los dedos
Eran muy marcadas.
Pero el solo las utilizaba para pregonar.
Extendía su mano temblorosa a la poca gente que pasaba
Y uno que otro
Alguna moneda le dejaba.
En la languidez de su rostro se veía que no mentía,

En lo profundo de su mirada
Se reflejaba la tristeza que el transmitía,
Y cuando la noche ya estaba avanzada
Y ya nadie por esas calles caminaba,
Nadie más que el viento que paseaba,
Era el momento cuando él
Algún refugio buscaba.
Caminando por las frías calles de la gran ciudad
Él al cielo dirigía una plegaria.

- Gracias por el privilegio de vivir un día más.

Creo que en esta ocasión el tiempo paso más de lo que yo me había esperado, pues cuando recobre el conocimiento, no reconocí el lugar, al parecer era una sala grande como del tamaño de un gran almacén y muchas camas por toda una orilla y muchas mesas con sillas en la otra. Me encontraba reunido con una multitud de vagabundos a los que yo ofrecía mi comida y mi abrigo que había yo recibido de las manos de una gentil señorita. Mi barba había crecido bastante, me di cuenta cuando me toque el rostro y pude sentir una barba de algunos 13 días sin haberla afeitado. Mis amigos los vagabundos y los encargados del lugar, se despidieron muy cordialmente cuando abandone este albergue. Lo primero que hice fue dirigirme directamente a casa, había pasado mucho tiempo. Carolina al verme llegar lloro de alegría, ella estaba muy preocupada. Llamo a todos mis familiares y amigos para avisarles de mi regreso y se puso en contacto con todas las dependencias de gobierno en las que había tratado de localizarme. Hicieron una pequeña reunión para celebrar el que yo había vuelto a casa. Pero una vez caída la noche pude escuchar los maullidos de Gaia que rondaba por las afueras de mi casa. Pasaron los días en los que seguí pretendiendo dormir por las noches y una luna llena mas arribo. Pero por primera vez en muchísimo tiempo caí en un profundo y letárgico sueño

La Última Luna

En esta ocasión todo se encuentra diferente,
Desapegado de la realidad.
Ya no hay luna,
No hay estrellas,
Ni viento,
Ni mareas.
Hay silencio,
Hay oscuridad y soledad.
Es la séptima y última luna
Es la experiencia onírica,
Donde los pensamientos sin orden
Conforman esta percepción de la realidad.
O, por no exagerar,
La percepción de la "otra" realidad.
El mundo del ensueño.
Aquí yo soy la esencia sin forma,
La presencia sin existencia,
La máquina infernal.
En este páramo o paraje
Que se encuentra escondido en el inconsciente,
Mi presencia es temida;
Pues hasta los mismos demonios
Se atemorizan que deambule por estas tierras de la irrealidad.
Se es escuchado decir por los mismos ecos del vacío
Que mi castigo
Es mayor al de cualquier otro ser que haya existido.
Mi misión dentro de esta realidad alterna
Es confusa e ilógica,
Mi misión es cazar.
¿Qué es lo que cazo?
Ese es el detalle.
A todo ser corrupto,
A todo símbolo onírico encriptado,

Que corrompen el flujo de la existencia
Que se encuentra,
Del otro lado de la frontera de la imaginación,
A esta existencia se le conoce como
"la existencia material."
A veces,
No sé si cuando sueño estoy viviendo,
O únicamente vivo soñando.

- Quisiera saber que es real y que es mentira...

Al recobrar el conocimiento me encontraba en las orillas de un rio de aguas sucias, a mi costado estaba Gaia y él me explico lo que había sucedido. Estábamos en la primera habitación del Mictlán, estaba escrito que él había sido escogido como el remplazo del señor del inframundo antes de finalizar el calendario. La cuenta larga del calendario maya concluía y era necesario que él derrotara a al viejo dios de la muerte; pero para lograr esto él tuvo que morir. ¿Cuándo llegue yo a la escena? Yo ya estaba destinado a morir, y alguien tenía que reclamar mi alma. Mi Tonalli no fue reclamada por ningún sirviente o subordinado del señor del inframundo como suele acostumbrarse. No, fue el mismísimo Mictlantecuhtli a reclamarla y mi gato le derroto como estaba escrito que sucedería. Aunque para lograrlo tuvo que sacrificar su vida a cambio de la mía.

Carolina, discúlpame por haber partido de esta manera, pero no tengo otra alternativa. Fernando por favor cuida de ella. Tengo que regresar. "La Reina de los Descarnados" se ha dado cuenta que su esposo ha cesado de existir. El nuevo dios del inframundo tiene que probar su supremacía, derrotándole. y yo... Yo soy su leal guerrero.

El fatídico triunfo de Ottar

En alguna ocasión cerca del siglo XVII, me encontraba yo visitando las proximidades de la península escandinava. Decidí recorrer aquellos bellos prados y las desoladas estepas a pie, fue uno de esos desvaríos de la mente en los que decides probar los límites de tu resistencia. Escale una gran montaña y me perdí en el espesor del bosque, cuando una gran tormenta de hielo me abatió y no tuve otra alternativa más que, buscar refugio de la gran helada en una de las cuevas que se encontraban casi hasta la cumbre de la gran elevación. Ahí adentrado en la oscuridad de la misma, me di cuenta que anteriormente esta había servido de refugio para alguien más. Decidí explorar sus profundidades y en una de las esquinas casi hasta lo más profundo encontré esta inscripción rupestre gravada en un lenguaje nórdico–germánico primitivo:

En las tradiciones antiguas de mi aldea, se pueden encontrar los secretos milenarios que le han dado sustancia e identidad a mi gente. Nuestras creencias se las debemos a los sabios antiguos que, generación tras generación, se han dedicado a transmitirlas en sus cantares e historias que nos contaban a la luz de una fogata en el bosque o como una alabanza a los dioses, en las festividades dedicadas a la llegada de la primavera; de alguna forma similar todas las aldeas hermanas de la región lo celebran por igual.

Dentro de la opinión general, las condiciones en las que vivimos son austeras y complicadas; pero también ha sido la opinión general la que nos ha tachado de Barbaros.

Lo cierto es que en las frías y elevadas tierras que se encuentran al norte de Midgard, las cosas no son fáciles y tienes que valerte de cualquier recurso para sobrevivir. Hombres y mujeres por igual, son reconocidos cuando son hábiles como guerreros o cuando tienen dotes de buenos herreros.

Aunque realmente la forma más común de ganarse la vida es la cacería por el invierno y la recolección de frutos al terminar la helada. Es hasta después de que han pasado los largos inviernos cuando toda la región se llena de color, alegría y tradiciones.

Precisamente es una tradición de mucha importancia entre los jefes aldeanos de cada una de las regiones el reunirse en el concilio de Los Doce Sabios Antiguos una vez más. Para los cazadores que en invierno murieron o se habían extraviado en las tormentas se les honraba con coronas florales entrelazadas en sus arcos y con oración se le pedía a la diosa del invierno Skadi, para que diera alojo a sus espíritus en alguna de las regiones del Vanaheim.

Para aquellas mujeres que su labor era recolectar plantas medicinales con las que se sanaban a los heridos, se les aconsejaba que recolectaran un poco más de lo necesario para que durante la noche pudieran quemarlas como plegaria para Eirá la Ásynjur benevolente que concedía salud para los parientes que se encontraban fuera de la aldea.

Otra de las tantas tradiciones decía que cuando uno alcanzaba cierta edad, había llegado la hora de enfentrar a dragones como entrenamiento preliminar para el Ragnarök. Era muy sabido que estas creaturas resguardaban tesoros inimaginables, quien lograba encararles una contienda era admirado con honor y aquel que lograba vencer a alguno era premiado por los dioses de Asgard con poderes místicos.

Aunque también se sabía que eran bestias muy inteligentes que practicaban las artes oscuras; de tamaños enormes y tan hábiles que te podían devorar de un solo mordisco o quizás calcinarte con su aliento de fuego, hasta que tus huesos se derrumbaran en un montículo de cenizas. El solo pensar en los grandes honores y el sinnúmero de cofres rebosantes entre oro y joyas preciosas que me esperaban, me hacia completamente olvidar los peligros que podría yo enfrentar en un futuro no muy lejano.

La gran helada del invierno estaba por terminar y las celebraciones de la llegada de la primavera estaban tan solo a unos cuantos días. La verdad nunca había estado yo tan ansioso en que concluyera la gran helada. Era mi decimoctava festividad de los dioses nórdicos. El camino no iba a ser fácil y eso lo sabíamos cada uno de nosotros, pues un sinnúmero de pruebas y competencias nos esperaban.

De los pocos que no hubiéramos sido eliminados y aun pudiéramos combatir nos aguardaría un gran torneo al final. Como era de imaginarse, el vencedor tenía la oportunidad de ir en busca de Ottar el gran dragón que custodiaba las cavernas a la cima de la montaña Lyfjaberg y así ser reconocido como uno de los guerreros de Odín por el mismísimo Odín en persona.

Yo me había preparado todo el invierno con un entrenamiento arduo. Ulov era uno de los doce sabios antiguos, bajo su tutela aprendí mucho. Las artes de la espada y la lanza me fueron instruidas por toda una década bajo su supervisión y las técnicas de defensa las agudice durante todo el tiempo que duro la gran helada.

Claramente estaba, que yo tenía que resultar triunfante en el torneo, algunos de mis contemporáneos preferían tareas menos peligrosas; Estaban ahí porque la tradición así lo indicaba y no tenían otro remedio, algunos otros solo participaban para impresionar a las chicas y tal vez desposar a alguna de ellas. Otros pocos eran como yo, se les lograba ver la frialdad en su mirada, o querían las riquezas, o añoraban ser honorados o los seducía la idea de ser poderosos.

Lo cierto es que independientemente de los deseos de cada quien, de todos aquellos que festejaban por decimoctava vez el termino del invierno, solamente uno era elegido con este gran honor.

La gran ceremonia llego, todos los contendientes estaban presentes, las doncellas vestían sus más elegantes atuendos cada una de ellas llevaba una canasta llena de manzanas como lo hacia la gran Idhun, bellos tocados de flores en el cabello y la frescura de su juventud; El más viejo de los sabios lucia una gran melena plateada que caía sobre su armadura y que la suave brisa primaveral sacudía mientras indicaba a que dieran inicio las festividades.

En los primeros días del festejo, Todas las pruebas de valor, de sabiduría y estrategia las había superado yo sin mucho esfuerzo; 8 participantes, incluyéndome, habíamos concluido y debatiríamos nuestras habilidades y destrezas en el gran torneo. Pero por el día de hoy solo nos quedaba descansar. Esta noche celebraríamos nuestra victoria en la posada de la aldea.

Trate de relajarme y reunir toda mi energía para los acontecimientos del siguiente día, entre el brindar de copas, la música y las risas de todos los que festejaban embriagándose y tarareando las viejas canciones, en mi mente se enfocaba solo la lucha, las pruebas, el triunfo…

Debía quedar como vencedor para tener el placer de enfrentar a Ottar, el gran dragón, me fui discretamente de la taberna; la noche era joven pero yo necesitaba estar sobrio y muy descansado para las pruebas finales.

El amanecer no se hizo esperar, el sol resplandecía magníficente en el horizonte, pareciera que el también celebraba los acontecimientos por los que pasaba la aldea, el sonar de trompetas marcaba el inicio de las pruebas finales, En medio de un gran júbilo por parte de todo el público que se había reunido en torno a los 8 finalistas, comenzaron a celebrarse las ultimas y mas aguerridas pruebas para determinar quién de nosotros sería el orgulloso guerrero.

La primera sería la lucha cuerpo a cuerpo y con espadas, la cual, para mi juicio, fue una de las más duras; puesto que dos de los participantes quedaron gravemente heridos, a media mañana cuando los rayos del astro rey, brillaban en todo su esplendor, dio inicio la prueba final, en la cual debíamos recorrer cierta distancia venciendo obstáculos para traer como trofeo la cabeza de uno de los guerreros nómadas que amenazaban nuestra aldea, iniciamos seis pero solo uno debía volver.

Corrimos ansiosos a toda la velocidad que nos daban nuestras fortalecidas piernas, por veredas imposibles, bordeando un gran río que venía de los deshielos de las montañas, esquivando fieras que se arrojaban sobre nosotros; uno a uno mis compañeros fueron cayendo, vencidos por una u otra dificultad, al fin llegamos solo dos a la llanura donde aquellos intrusos nos asechaban.

Cinco o seis hombre fuertemente armados, se abalanzaron sobre los que quedábamos y comenzó la terrible carnicería, en la cual mi preparación dio fruto, recibí un golpe en la pierna que me hizo tropezar y dos hombres me cercaron, pero fue más rápida mi estrategia que su mazo, corte la mano a uno y al otro le herí en la pierna, al primero lo atravesé en el corazón mientras que al otro, lo degollé y traje conmigo el tan ansiado trofeo: su cabeza.

Al mirar en derredor lamente que ni uno de mis compañeros haya quedado con vida, del feroz e imprevisto combate; corrí lo más pronto que pude para evitar más encuentros con los enemigos, llegue al río pero era tanta mi ansia por mostrar mi galardón que no me importo atravesar las elidas aguas, debido al frío se demoro un poco mi paso, sin embargo para casi el final de la tarde vislumbre las casuchas de la aldea.

En medio de un griterío de entusiasmo mi espada se alzo triunfante, toda mi vida esperando por este momento y era yo, Henar el vencedor, el guerrero osado levantando la cabeza que me daba el triunfo; mi orgullo se inflamo tanto que sentía como si me fuese a convertir en un Gigante del hielo, igual que aquellos contra los que lucha el sagradísimo Thor.

Mi sangre hervía, como si fuese un combustible inagotable que me está continuamente llenando de supremacía, se me dieron unas horas de respiro para poder emprender el viaje hacia Lyfjaberg donde se encontraba la guarida de Ottar, tenía varias técnicas que supuse serian letales a la hora de atacar a semejante bestia, porque al fin eso era el "Gran Dragón" solo una bestia, ¿Cómo podía, algo sin estrategia ni conocimiento del combate, vencerme?

Al encontrarme solo, sumido en meditaciones, descansando en esa tienda llena de hachas, mazos y armaduras, la figurilla informe de un hombre anciano me aparto súbitamente de mis reflexiones, apostado en la entrada, en cada uno de los hombros un cuervo graznaba; su aspecto harapiento y sin un ojo me produjeron cierta aversión, con la mirada fija en mi persona, me sentí muy incomodo.

Usando el lenguaje de la sabiduría que da la vida, trato de persuadirme de no emprender el viaje hacia la montaña al encuentro de Ottar, con discernimiento que al parecer era muy elocuente me expuso una infinidad de razones para que no continuara hasta el final con el festejo, ¿Pero cómo no continuar, ahora que había llegado tan lejos? ¿Cómo dejar todo a medias si me he estado preparando toda mi vida para este momento?

Yo había sido, por mucho, el mejor de todos los otros participantes del torneo, la prueba era que yo había quedado triunfante. Por mucha palabrería que uso, no logro cambiar en nada mi posición todo eso para mí eran meros pretextos; deje al hombre ahí, mi soberbia y mi hombría me exigían continuar, no podía perder, YO ERA EL ELEGIDO.

Sin mirar atrás ni una sola vez, tome el sendero, ¡era mi hora! A mi regreso Odín me esperaba, en persona para reconocer el merito de haber llegado airosamente hasta el fin.

Camine varias horas entre senderos serpenteantes y obtusos, sorprendido de vez en cuando por serpientes enormes, capaces de devorar un hombre; en cierta parte de la travesía erré la dirección y me enfrente a un enorme lobo que babeaba mientras atacaba, me persiguió un largo trayecto y cuando el cansancio me vencía tropecé; me puse boca arriba y el lobo se lanzo feroz sobre mí, pero al caer levante mi espada y atravesé su monstruoso cuerpo, emitió un alarido de dolor y se desplomo a mi lado. Corte sus orejas como prueba de lo que había acontecido.

Continúe ascendiendo por la vertiente de la montaña sin lograr encontrar la guarida de Ottar, puesto que había llegado a la cima de la montaña decidí entonces que descendería en círculos entrando en cada una de las grutas para averiguar en cuál de ellas se resguardaba la infame bestia.

Emprendí la marcha en bajada, soportando los fuertes vientos y tratando de no caer por las empinadas laderas del otro lado de la montaña, las aves también son animales impredecibles y en una de las cuevas algunas de ellas, al sentirse invadidas me atacaron para alejarme de su nido.

Anduve varias horas, sin lograr nada, pensé si no sería solo falacia la existencia del terrible Ottar, quizás aquella bestial criatura existió siglos atrás, pero ahora no quedaba de él, ni rastro; el día avanzo muy aprisa y el crepúsculo, comenzó a trazar en el horizonte tonalidades rojizas sobre las nubes, un hermoso panorama me anunciaba la llegada de la noche, busque entonces un refugio para comer algo que me diera fuerza y beber algo.

Estuve al acecho de algún animal salvaje que saciara mi apetito y fue entonces que observe una enorme obertura en la base de la siguiente montaña, ¡por fin encontré la guarida de Ottar! de inmediato quise emprender marcha pero, la obscuridad devoro la luz del sol rápidamente, cace entonces para llenar mi estomago y con el primer albor del día siguiente dirigirme hacia aquella aterradora gruta.

Apenas el astro rey dejo salir uno de sus rayos, continúe mi trayecto en descenso hasta la caverna, no fue fácil el llegar ahí, el suelo era mucho más resbaloso que en la montaña anterior y no solo tuve que matar serpientes, si no también alimañas ponzoñosas, al estar tan cerca, el aire que emanaba de la enorme entrada era frío y pestilente, supe entonces que había llegado al lugar indicado.

Me adentre sigilosamente, siempre espada en mano, alerta, por si la bestia, al sentirse sorprendida se abalanzara sobre mí en un feroz ataque, el corazón empezó a latirme en la garganta, las manos me sudaban, las piernas tambaleantes daban en ocasiones pasos torpes, en ese momento desee flotar en lugar de caminar, las quijadas apretadas y la respiración casi contenida.

Me introduje en aquel tenebroso túnel muchos metros, lentamente, esperando ver aparecer un par de ojos demoniacos, seguido de un enorme hocico, con sus dientes afilados tratando de devorarme; la pestilencia se volvía cada vez más insoportable, no podía avanzar más pues, la luz hasta este punto ya no llegaba y meter una antorcha seria delatarme ante Ottar. Me zumbaban los oídos debido al silencio espectral que gobernaba, solo el latir de mi corazón y mis pasos hacia un leve eco entre las rocas.

El hedor se volvió insoportable, tenía que volver a tomar aire, pero no podía dejar de avanzar, solo unos pasos mas… solo unos pasos mas… de pronto pise mal sobre una roca y caí de bruces haciendo tremendo ruido, un chillido en común y el batir de alas me hicieron enloquecer, ¡Ottar! corrí tan rápido como pude fuera de ahí, puesto que ya no veía nada y estaría en desventaja; tras de mí el batir de alas y el chillido ensordecedor me seguían, conforme avanzaba fue haciéndose más claro todo y entonces al llegar a la entrada, me di la vuelta para enfrentarlo pero, para mi sorpresa, eran solo murciélagos los que aleteaban detrás mío.

¡¡Maldito Ottar!! ¿¡¡Porque huyes de mí!? Pensé mientras pateaba el suelo encolerizado, esta parece la maldita broma de algún ocioso, di vueltas en la entrada como fiera embravecida, maldiciendo y llamando por su nombre al dragón, retándolo a que peleara conmigo. Me sentí muy estupido al hacer eso, pero era la única manera de sacar toda esa ira que me había provocado el sentirme cobarde ante una manada de murciélagos.

Convencido de que era precisamente ahí refugio que buscaba, espere durante todo el día, posiblemente el dragón por su tamaño debía estar mucho más adentro, durmiendo tal vez. Me aposte a unos cuantos metros de la entrada, pasaron las horas y no escuchaba ni un gruñido, ni el aleteo, ¡NADA! No me daré por vencido, esperare aquí a que regreses, ¡¡inmunda bestia!!

Solo los sonidos propios de un bosque eran los que me acompañaron durante todo el día, nada que me hiciera comprobar que ahí dentro se encontraba mi enemigo; de nuevo me asalto la duda acerca de la existencia de dicho dragón, me sentí un poco ridículo, haberme preparado toda mi vida, para esperar en vano la llegada de algo que tal vez ni siquiera existía.

Por segunda vez tuve que tomar una decisión imprevista, puesto que el mentado dragón no existía y esta era una cueva llena de murciélagos, mañana mismo regresaría a la aldea y descargaría contra los insensatos que inventaron este cuento toda mi frustración. Los desollaría vivos y cortaría su cabeza para ponerla en medio de la plaza como aviso de que Ottar era solo una fantasía.

Al caer la noche, justo al lado de la entrada que me replegué para dormir, cace un ave la cual cruda era muy buena, un poco de su sangre mitigo mi sed y su carne sacio en algo mi hambre.

Al amanecer de ese día, emprendí lo que yo suponía era mi regreso a la aldea, apenas había ascendido hasta la cúspide distinguí entre los enormes árboles, unas enormes y fieras pupilas que me miraban, palidecí, tanto buscarlo y fue el, quien me encontró a mí.

¡Ottar! Desenvaine mi espada y me lance contra él, comenzamos una fuerte batalla, bestia contra hombre sin embargo en los ojos de aquella temible bestia se vislumbraba un vejo de tristeza.

En el fragor de la batalla, teniéndome prisionero entre sus garras emito sonidos guturales articulando palabras humanas, al tiempo que de sus ojos brotaban gruesas lagrimas, las cuales, para mi sorpresa, al caer, pude ver que eran diamantes, la voz de aquel desdichado dragón me suplicaba que tuviese piedad, que me llevara su tristeza y lo liberara de la terrible aflicción que por siglos había padecido.

Al mirar los diamantes caer, la codicia y la sed de triunfo me hicieron suponer que dentro de aquel enorme cuerpo había un sin número de tesoros, en ese preciso momento supe con certeza que era yo el elegido.

Aquel animal de tamaño descomunal fue cayendo al tiempo que el filo de mi espada atravesaba su corazón y un enorme suspiro como el que hace el agua al chocar contra la roca, me dio la pauta para saber que estaba muriendo.

Al herir la dura piel de la bestia un baño de sangre cayó sobre mi y sobre todo lo que me rodeaba, fije mi vista en él; aquellos ocelos del demonio miraban fijamente hacia mí, la impotencia de mis pensamientos locos me obligan a mirar hacia ellos. Aquellos ojos dominantes en los que fluye sangre de mil vírgenes violadas por la penumbra purpúrea. Aquellas mujeres que gritaban con desesperación ahora me dicen que retroceda la mirada y que huya.

Pero eso no es de hombres, no como a mí me criaron. Hombres llenos de misticismo, los cuales seguimos fielmente nuestro legado. De pronto siento la energía heliodinámica que fluye entre mis venas ahhhh!!! Y blandeo mi espada e interrumpo la concentración de aquella mirada, la cual, ahora, únicamente demuestran dolor y muerte.

Al final no era tan fuerte y dominante como parecía por eso me mofo. No obstante, irónicamente siento un vació dentro de mí. Me voy caminando por el sendero de la injusticia pensando en la perfección de mi técnica, sutilmente me doy cuenta que el único trofeo ganado fueron aquellos ojos diabólicos que reflejaban mi rostro…

Que me dejan tan solo la perdida de mi inocencia.

El viejo harapiento se hizo presente en aquel postrer momento, con mi razón tambaleante y aturdido por el espectáculo dantesco, mire que los cuervos en sus hombros volaban en derredor de todo el perímetro entre el dragón que yacía muerto y yo, ahora la verdadera forma de aquel perdiguero tuerto se hizo visible a mis ojos… Era Odín.

Advirtiendo que aquella que había matado no era sino una bruja, a la que él había castigado, obligándola a vagar en este mundo de sufrimiento convertida en esa infame bestia. A partir de ahora cargare yo con esa terrible maldición, en espera de que otro guerrero como yo, soberbio y valiente, me libere de esta terrible prisión y de a mi alma el descanso eterno.

Muchos años han pasado desde entonces y toda mi soberbia y mi arrogancia se consumen dentro de un cuerpo maloliente, toda la gloria por la que luche y los tesoros que imagine se volvieron un polvo.

En realidad el ganador de aquella batalla fue el. Aquel demonio angelical que ha encontrado la paz eterna.

En el fondo del océano

Ésta, es tan solo una historia común y corriente,
Que te la puedes encontrar en las novelitas Ilustradas
Que venden en el supermercado.
Es un triste cuento de amor que siempre se repite…
Un baile de mascaras y emociones.
Donde lo único que cambia son los personajes,
Y el ritmo con el que bailan…

En alguna parte, entre el espacio y el tiempo existió una mujer que poseía un corazón azul. Ella se paseaba de aquí para allá buscando fantasías. Románticas historias de amor entre caballeros y princesas, que tanto le emocionaban. Para ella, era todo lo que se ocupaba para inspirarla. En realidad ella no sabía el tesoro tan valioso que en su pecho guardaba, hasta que un mal día se topo con él.

En algún lugar, cerca del fondo de la bóveda oceánica, él se encontraba flotando. Justo donde él deseaba estar, al filo del tiempo, a orillas del abismo. Absorto dentro de sus reflexiones, el solo contemplaba y contemplaba los acontecimientos tan fatalistas que la vida le había obsequiado, y que lo sumergían cada día más en ese océano de incertidumbre en el que el navegaba. A él le daba igual hundirse en el fondo, a él ya nada le importaba.

Por otro lado, entre fantasía y fantasía ella se sintió eternamente triste. -*¿Qué acaso no hay algún caballero que en verdad pueda amar este corazón azul?*- Ella se preguntaba.

Así que un buen día, para que su corazón no sufriera mas decidió guardarlo con recelo, y lo cubrió con una máscara que la diosa del fondo del océano le había regalado. Con la protección que la diosa del océano le proporciono ella no se preocupo mas.

Él no había estado en el fondo por siempre, en alguna parte de su pasado el vivió entre el tiempo y el espacio, pero cuando la acumulación de frustraciones impero, el corazón azul que el tenia fue destrozado. Ya hecho mil pedazos él mismo lo arranco de una buena vez y todo le dejo de importar. Al recapacitar él se sintió tan humillado y se avergonzaba del vacío que en su pecho había quedado. Así que su pecho lo cubrió con una placa de metal, y se fue lejos, muy lejos de la realidad. Al océano él se embarco hacia ningún lugar, en busca de su insufrible soledad.

Por su lado, ella estaba cansada de tener que remendar tantas veces su corazón. Se entero de los místicos poderes de la diosa del océano, quien podía proteger cualquier cosa. Pero este monstruoso ser le engaño quitándole su corazón, y al fondo del océano se lo llevo.

Si, fue ahí donde ellos dos se conocieron,
En el Fondo del Océano.
Y es precisamente aquí donde las historias de Él y Ella
Se convierten en una sola...

En el fondo del océano

(La búsqueda de la soledad y el corazón)

Ella emprendió una búsqueda en las frías aguas del océano, donde alguna vez Poseidón gobernó. El corazón azul que la diosa del océano le había arrebatado con las promesas de protegerlo estaba bien, ella lo podía presentir. Momentos más tarde, la pequeña barca en la que ella viajaba se vio severamente dañada por la tormenta, no paso mucho para que esta empezara a hundirse. Sin embargo aquel hombre que estaba sumergido en las profundidades no prestaba atención a las peripecias que ella estaba sufriendo, él solo estaba ahí adentro sin movimiento alguno. Paralizado observaba el horizonte dentro del océano. Era una delgada línea que dividía una inmensidad de azul que sutilmente se iba convirtiendo en un negro abismal. En aquella oceánica pantalla gigante él proyectaba sus recuerdos, si, todas aquellas vivencias amargas que la existencia le había proporcionado y que una a una le fueron llevando hasta el lugar donde él se encontraba. Dentro de su concentración, analizaba sus memorias. Cuando el último de los recuerdos arribaba, él congelaba la imagen al punto donde recibía el último golpe que le destrozaba el corazón. Una extraña y morbosa ambigüedad le hacía repetirlo con ansias una y otra vez. Cuando un estruendo lo sorprendió arrebatadamente, y él al mirar hacia atrás, vio como una chica salida quien sabe de dónde diablos, se iba hundiendo hacia el fondo.

El la tomo del brazo y le pregunto -*¿Qué demonios haces aquí? ¿Qué no sabes que este sitio es el laberinto de los condenados, lugar a donde se viene a buscar a la soledad?*- Ella le miró directamente a los ojos y lo abrazo. Quedo muy sorprendida cuando se encontró con una placa de metal que le cubría el pecho, él la alejo de su pecho y se dio la media vuelta para seguir contemplando el vacío. En un murmullo le dijo -*Aléjate de las profundidades y regresa a la superficie aquí el frío te puede matar.*-

Ella tan solo se quedo observando aquella silueta solitaria, que flotaba en medio de la nada como si fuera parte de la nada misma. Paso bastante tiempo, para que ella se atreviera mencionar una palabra y le preguntara lo que le había pasado y el porqué de la placa de metal que tanto la intrigaba. Cuando ella rompió el silencio, El se asombro de nuevo, y le contestó intrigado con otra pregunta -*¿Aun sigues aquí?*- Ella se acerco un poco hacia donde él se encontraba y mirando de lado a lado aquel inmenso abismo le hizo otra pregunta -*¿Qué buscas en medio de todo ese azul del fondo?*- El muy relajadamente le contestó -*A mi corazón, a mi corazón azul.*- Ella en un sobresalto se le acerco mas quedando enfrente de él y mirando lo fijamente se quedo inmóvil por un momento, para después dar un brinco de alegría. En el criterio de ella ambos buscaban lo mismo. Si él se iba con ella ya no se sentiría tan triste, y en un arrebato le invito diciéndole -*¡Hey!… ¡Heyyyy! Vámonos… ahí suspendido sin hacer nada nunca lo vas a encontrar.*-

Por alguna razón ajena a su voluntad él accedió, quizás fue una debilidad de carácter, algún fragmento que quedo detrás de la placa de metal, de aquello que había sido alguna vez su corazón. Lentamente se iban sumergiendo en las profundidades del océano, en pos de localizar el antiguo templo de Poseidón, "La Torre del Silencio"

palacio desde el cual gobernó los fondo abismales del
océano y que ahora eran las ruinas en las que la diosa del
océano habitaba. Él en realidad no le interesaba encontrar
su propio corazón, él sabía precisamente donde había
quedado. En la mente de aquel ser solitario se había
quedado grabado el sufrimiento que alguien puede sentir
cuando recién ha perdido el corazón. Por alguna razón
ajena a su propia lógica, no pudo dejarla ahí a la deriva.
Lo que en realidad él buscaba era a la insufrible soledad
que aun estando dentro del abismo no lograba encontrar.

Y así fue como dos seres extraños se conocieron
En el fondo del océano,
Pero desgraciadamente esta historia aquí no termina
Pues todo lo que empieza tiene que acabar
Y este aun no es el final…

No se pierdan el triste desenlace…

En el fondo del océano

(La batalla fuera del tiempo)

Ambos iban a toda marcha, dentro de las aguas frías de las profundidades. Tras causas distintas pero en el mismo océano. Ella iba relatando todas las peripecias que se habían suscitado y las razones por las que guardo su corazón tras la máscara de la diosa del océano, mientras él atento escuchaba cada una de sus palabras que narraban lo que había pasado hasta ese entonces y que se proyectaban en su mente aliviando el recuerdo amargo de su ser. No pasó mucho tiempo para que ambos se identificaran y se sintieran a gusto el uno con el otro.

Mientras tanto la diosa les aguardaba sigilosamente en la entrada del templo en donde se encontraba "El Portal del Horizonte" lugar misterioso que se encontraba al final del laberinto de la soledad. Cuando se toparon frente a frente la diosa y él, por un instante dos miradas intensas se encontraron como las ráfagas de un fuego cruzado. En el ambiente un silencio penetrante que taladraba los tímpanos se dejo sentir, mientras entre ellos nació una rivalidad, pero a la vez una intensa atracción como dos planetas que se atraen mutuamente solo para destruirse, como dos maquinas sobrecalentadas en una carrera de trayectoria infinita, ambos llevan la misma placa de metal en el pecho, y poseían una mirada fría, que solo se logra en la etapa más aterradora del aislamiento cuando mueren el alma y los sentimientos, conocida como fase terminal. En la mente de ambos la perplejidad les acoso.

él se preguntaba entre sí -*¿Cómo es posible que exista alguien exactamente igual a mi?, mi versión femenina.*- en eso el silencio fue roto cuando se dejo escuchar la voz de ella, que le exigía a la diosa -*vengo a que me devuelvas mi corazón.*- La diosa le respondió de una manera muy despectiva -*Para que lo quieres, para entregárselo a este imbécil soberbio que se esconde en el fondo del océano para que no lo lastime la realidad.*- Y dejándole ir una mirada intensa que le recorrió de pies a cabeza le dice a él, en un tono misericordioso -*pobre ser patético.*-

En un arrebato de ira la empuja hacia el portal, llevándosela con él al fondo del horizonte donde libran una batalla que los límites de la imaginación no nos permiten describir. Él se había prometido que defendería a ella a costa de todo. Al fin él salió vencedor de aquella batalla en la que la diosa del océano resulto ser un fantasma de alguien que nunca existió, condenada a permanecer sola en un horizonte eventual.

Cuando él regresa de aquel duelo eterno y atraviesa de nuevo el portal, se da cuenta que nadie lo espera. El tiempo arrasó con sus inclemencias. Dejando marcas indelebles que se incrustaron en el alma de un corazón azul que moría de frío, que se perdía en el silencio y la distancia. Ella permaneció ahí por mucho tiempo. Con la incertidumbre de alguien que espera la llegada de alguien mas. La angustia de la espera poco a poco le fue desquebrajando la cordura, hasta que alguien mas le ayudo a salir del abismo.

Ella estuvo ahí aguardando a través de los años.
Ella estuvo ahí sola en el fondo del océano esperándolo…
Esperando a que él regresara.
Pero no regreso.
Un buen día un caballero con una armadura de luz

Ocupo el lugar vacío que el dejo.
Un mal día, un mal día el regreso…
De aquella batalla que se efectuó fuera del tiempo.
Una batalla que solo existió en los confines del horizonte.
El regreso únicamente para quedarse solo…
Ahí…
En el fondo del océano…

La misteriosa carta de la Srta. Mcgray

Aproximadamente entre la década de los 60's o 70's del siglo XX, recibí una carta muy particular en mi residencia de Inglaterra. Por lo general este tipo de correspondencia iba directamente al cesto de basura, pero algún misticismo encerrado en sus letras me orillaron a leerla a detalle, por lo menos las primeras líneas eran bastante cautivadoras e indicaban una exhaustiva investigación de ciertas condiciones particulares a solo un puñado de individuos, las cuales sucesivamente me llevaron a leer la carta en su totalidad. Realmente lo que me sorprendió era que iba dirigida a mí y no al sin numero de identidades falsas que he utilizado atreves de los siglos (prueba suficiente de que la investigación acerca del fenómeno del vampirismo había sido ardua). Sin fecha, ni remitente la carta revelaba ser escrita por una mujer de edad avanzada o por lo menos había envejecido de forma prematura, eso lo deduje por la pulcritud de su escritura en letra cursiva. La forma en que escribía la letra "A" indicaba una persona de gran pasión y con sensibilidad espiritual. La circunferencia que dedicaba a la letra "C" y la letra "O" indicaban una persona con aspiraciones perfeccionistas y que se había dedicado a escribir documentos por varias décadas quizás una secretaria o alguna asistente personal. Por alguna razón más allá de su escritura, quizás en el contenido de la misma carta yo sabía que esta carta estaba escrita sino en el lecho de muerte, muy cerca de este.

Estimado Lord A:

Después del incidente que estoy a punto de revelarle, dedique gran parte de mi vida a estudiar ciertas condiciones humanas o tal vez no tan humanas que se presentan en algunos individuos. Podríamos decir que estas investigaciones eran particularmente dentro de la rama de lo Sobrenatural. He llegado a la conclusión que usted conoce perfectamente de las condiciones de las que estoy hablando ya que hace un par de años inferí en que usted era uno de los más antiguos que había padecido estas circunstancia. Mas no se alarme, se que al leer estas primeras líneas usted está completamente dispuesto a asesinarme. No se preocupe, su secreto está bien reguardado y aun así la flama vital de mi ser esta a punto de extinguirse. Mi interés en realidad viene no para injuriar su status como vampiro, sino más bien para explicar cómo es que no nada más ustedes los inmortales han sufrido las maldiciones de las deidades.

Yo era una joven de unos escasos 18 años cuando conseguí trabajo en una empresa importante, mis padres estaban al margen de la quiebra y mi padre no había podido conseguir un trabajo decente desde hace mucho tiempo, a pesar de su gran dolor por ver a su pequeña hija trabajar, encontramos cierta estabilidad y aun cuando mi padre logro conseguir un buen trabajo él me permitió seguir trabajando quizás supuso que realmente me agradaba tener una labor y no supuso mal. Gran parte del dinero de mis padres fue invertido en mi educación, yo sentía que era una obligación moral el solventar la precaria situación económica en la que nos encontrábamos sumidos. El haberme graduado del Instituto de Lenguas fue una gran referencia para que a una mujer le permitieran trabajar y le dieran el puesto que yo creo me gane a pulso.

Todo marchaba de maravilla la paga era precaria pero ayudaba a solventar la mayoría de los gastos. Pero esta carta no se trata de mis peripecias como mujer dentro del área laboral, no. Después de estar trabajando por

6 meses algo inesperado sucedió. Algún admirador secreto supuse yo, pero aquel hombre me miraba desde la distancia como si tratara de contemplar algo que le parecía incomprensible. En su mirada profunda y penetrante se podía distinguir una gran angustia que le seguía como su sombra. Yo me abstenía a disimular su presencia y trataba de no darle importancia a su asecho y lo hice así por casi más de un año. Me seguía por las enormes avenidas de la gran ciudad. Cuando el bullicio de las personas platicando temas sin importancia y el ruido de los motores de los carros que se paseaban por las calles me distraían y lograban que él se clamuflajeara entre su diversidad, yo podía saber que él permanecía ahí... lo presentía con mis entrañas. No lo voy a negar al principio me dio mucho temor que algún desquiciado se hubiera obsesionado conmigo; pero después de algún tiempo y siendo realmente sincera ya no me molestaba, pues por el contrario me sentía como si un "ángel misterioso" me cuidara. En varias ocasiones él me seguía hasta mi casa y luego desaparecía. La mayoría de las veces cuando distinguía su silueta entre las sombras de los callejones me sentía alagada y protegida.

Ese día como todos los días después de salir del trabajo, yo iba rumbo a mi casa y en el transcurso de mi caminata iba apreciando la bella ventisca que arrastraba a las hojas secas que caen de los arboles cuando llega el otoño. Cuando para ese entonces comencé a escuchar voces detrás mío, por un instante pensé que aquel hombre misterioso por fin se iba a decidir a hablarme y quizás invitarme un café o por lo menos preguntarme mi nombre; pero mire atrás y me desilusione al ver que no era él, sino unos vándalos que me seguían y me comenzaron a decirme cosas muy feas y obscenas -*¿Qué, no vienes? ¡Te veras hermosa desnuda!*- grito uno con tono conquistador. -*Pues yo no me aguanto, la probare*- dijo otro con una actitud más agresiva.

Mientras un tercero no decía nada y me miraba fijamente a las piernas, a los otros dos no alcancé a escuchar lo que se murmuraban entre sí. Yo corrí lo más rápido que pude, la tarde ya había caído y trate de perderme entre las sombras de los arboles que rodeaban el parque; pero ellos eran más veloces corriendo y me alcanzaron. Forcejeé con ellos lo más que pude pero me tomaron por los pies y me caí. El más agresivo comenzó a arrancarme la ropa como podía. De pronto algo bastante sorprendente e inquietante sucedió, apenas intentaron tocarme se dieron un levantón muy brusco cayendo hasta el otro extremo y golpeando el tronco de un árbol, cayeron. Cuál fue mi sorpresa cuando descubrí que no se habían levantado mágicamente y volado por los aires sino, que, aquel misterioso hombre los había jaloneado y arrojado lejos. La verdad no podría yo describir exactamente como lo hizo pero pudo con todos y entonces me dijo -*¿Se encuentra bien?*- Yo respondí aun asustada y agitada –*Si, muchísimas gracias*- Después de ayudarme a ponerme de pie y colocar los harapos que eran mis ropas, se quito su abrigo, me lo coloco en los hombros y dijo -*Será mejor que me vaya al lado suyo, si no, aparecerán otros y no me lo quiero imaginar*- Le conteste anonadada -*si*- Y lo mire con sorpresa.

Durante todo el camino me sentía bien a pesar que no emitíamos palabra; ya casi llegando a casa le dije desconcertada -*¿Por qué?*- Y él respondió un tanto confundió por la ambigüedad de mi pregunta -*Porque ¿Qué?*- Tratando de esclarecer mi primera pregunta le pregunte esta vez -*¿Por qué me ha seguido durante todo este tiempo y ahora me salva de esos vándalos?*- Tratando de mirar en otra dirección me dijo -*¿Por qué? Porque... bueno usted no lo entendería*- Era tanto mi gratitud por lo que había hecho por mí que no me pude contener. Lo bese en la mejilla y le dije -*Aunque no me diga el porqué, gracias*- Note que se sonrojo al responderme -*No me agradezca, al* *contrario gracias a usted-* Me desconcertó bastante que me agradeciera -*¿A mí? ¿Gracias a mí? ¿Y porque a mí?-* Le dije un tanto sorprendida. A lo que me respondió muy seguro de si -*porque ya no me tiene miedo-* Asombrada por lo que escuche, respondí con cierto nerviosismo -*Bueno señor era natural, usted me seguía y yo tenía miedo de* ...- Entonces me interrumpió diciendo -*yo lo sé, disculpeme,* ...*me tengo que ir, con permiso-* al decir esto comenzó a alejarse y le dije amablemente -*pase usted y gracias, adiós-* Ya solo me dijo -*adiós-* y siguió caminando, dando la vuelta a la esquina me devolví pronto para saber donde vivía, pero ya no estaba. Me dio terror y corrí a mi casa, cuando entre mi madre me dijo -*¿porque hasta esta hora? ¿No saliste de trabajar hace una hora?-* Yo le dije bastante exaltada -*Es que... unos vándalos me siguieron pero gracias a la gentileza de un caballero, estoy aquí, si no estuviera muerta-* Un tanto asustada sin creer lo que escuchaba mi mama dijo -*¿Qué?-* Comenzó a gritar -*¡Pues entonces le diré a ese cretino que tienes por patrón que no te deje salir tan tarde!-* En un reproche le dije -*¡Pero mama!-* Inmediatamente en un tono de mando dijo -*¡Y no me discutas niña! Este fue el último día que saliste a esta maldita hora-* Sin más reproches le respondí -*Esta bien mama, como tú digas-*

Me fui a dormir pero no conciliaba el sueño, a pesar que no le había visto bien el rostro, lo poco que lo vi, me gusto, le vi de perfil, porque nunca me miro frente a frente. Tenía nariz afilada, frente regular, labios muy bonitos, el sombrero que traía me impidió verle el cabello; pero tenía un cuerpo atlético, y los ojos no alcance a vérselos, porque la luz era muy poca.

Y así, pensando en el me fui quedando dormida. A la mañana siguiente baje a desayunar. Mi papa como siempre, miraba las noticias en el televisor, mis hermanitos ya se iban a la escuela, mi mama los llevaba. Yo fui directa a la cocina a desayunar, porque se me hacia tarde, cuando me senté a la mesa empecé a escuchar una noticia curiosa que decía:

"entre estas calles se encontraron los cuerpos de 5 muchachos mal heridos, pero lo curioso es que no tienen signos de violencia únicamente, sobre el cuello, del lado izquierdo una especie de mordidas, se presume de algún perro, pero ¿porque en el cuello y no en otro lado?..."

Al oír eso me quede fría, porque esos eran los muchachos que habían querido atacarme y que, aquel extraño, los había separado de mi, ahora tenía que irme al trabajo y la verdad presentía que estaría allí. Al yo salir le preguntaría todo. El día fue como cualquier otro, al salir allí estaba él, le hice una seña y se acerco a mí. Le dije con una voz tímida -*Le gustaría irse a mi lado, por favor*- Me contesto de manera muy caballerosa -*Con mucho gusto*- Durante todo el camino no emitió palabra alguna, como la ultima vez; pero llegando a mi casa no me contuve y le pregunte -*¿Cuál es su nombre, caballero?*- Me respondió mirándome directamente a los ojos -*Me llamo Frank, no me hables mas de usted. Solo dime Frank ¿y tú cómo te llamas?*- Yo le dije mientras bajaba mi mirada -*Yo me llamo Holly Mcgray ¿puedo preguntarte algo más?*- A lo que él contesto muy seguro de sí mismo -*Si, lo que quieras saber*- Le pregunte un tanto intrigada -*La otra vez, que me defendiste ¿Qué les paso a los muchachos? En las noticias escuche que no tenían signos de violencia, pero...*- Me interrumpió diciéndome -*tu no entenderías. Dejémoslo así, por favor.*- Después se quiso despedir inmediatamente -*me voy*- Pero rápidamente lo detuve cuando le pregunte -*¿Tan pronto? Es que, acaso ¿Te molesto la pregunta?*- Se detuvo, se dio la media vuelta y tratando de evadirme me afirmo muy seguro de si -*No, pero tú tienes que irte a tu casa, si no te regañaran*- En realidad él tenía razón al decirme esto;

así que le dije - *Es verdad… ¿Por qué no vienes mañana por mí? Aquí a mi casa-* Me respondió un tanto indeciso –*Esta bien ¿A qué hora?-* Me emocione demás y le pedí sin pensarlo -*Pasa por mí en la mañana, para que me acompañes al trabajo-* No me di cuenta que después dije en voz alta *-Me encantaría presumirte frente a mis amigas-* Se sonrojo al escucharme decir esto. Así que después me dijo echándose para a atrás *-No… Mejor paso por ti a tu trabajo. Por la tarde. ¿Te parece?-* Avergonzada por lo que se me acaba de salir, se me subió el color e inmediatamente le respondí con gran nerviosismo esperando que no me hubiera escuchado (Era obvio que me escucho) *-E…Esta bien. Te espero mañana-* Después ambos nos quedamos callados por un par de segundos, tratando de sacudir el bochorno, le dije *-Subes a mi oficina. ¿Si sabes donde es, Verdad?-* Me contesto tratando de hacerse el disimulado *-Si, la oficina 13. ¿O me equivoco?-* No cabía duda de que él estaba interesado en mi y en realidad me intrigaba que el supiera tanto de mi. Así que se lo hice saber cuándo le respondí *-No te equivocas… Aunque he de confesarte que aun no comprendo ¿Cómo sabes tanto de mí?-* Me respondió con cierto aire misterioso que parecía caracterizarle *-Algún día te lo diré… Por ahora tienes que irte. De lo contrario, tu familia se puede preocupar-* Sin decir nada más que *-Adiós-* Me despedí. Muy cordialmente me dijo *-Hasta mañana, querida Holly-* Acercándose hacia mí y sosteniendo mis manos entre las suyas. No se atrevió a darme un beso, pero cuando me dio las manos lo hale y le di un beso en la mejilla. Me miro fijamente a los ojos y se fue.

Al llegar a mi casa era demasiado tarde, como era de esperarse y mi mama otra vez estaba molesta. Al mirarme arribar me reclamo *-¿Dónde estabas? no me digas que en el trabajo, porque llame y no estabas-* Al mirar su preocupación reflejada en el semblante, me disculpe *-Perdona mi desconsideración. No, no estaba en el trabajo. Un amigo me* *invito un refresco y no creí realmente que nos entretuviéramos mucho charlando. Por eso es que me tarde-* Se calmo un poco al verme que estaba bien; pero trato de disimular y me dijo *-Para la otra vez, me avisas. ¿Qué no ves como me preocupo?-* inmediatamente respondí muy apenada por mi falta *-Si mama. No vuelve a suceder. Prometo avisarte siempre-* En todo de reprimenda me dijo *-Así lo espero niña-* Después sonrió y me dijo emocionada *-Alguien te espera en tu cuarto-* Yo pregunte un poco sorprendida *-¿Quién es?-* Sin decir nada dio la vuelta espero un minutos y sin detenerse contesto *-Es una sorpresa que te gustara mucho y se quedara a dormir-* Yo no me imaginaba nada, subí corriendo las escaleras y al abrir la puerta cual fue la sorpresa más grande de mi vida. Era mi amiga del alma, que había estado ausente por unos años, debido a sus estudios que realizaba fuera de la ciudad. Entre corriendo, nos abrasamos y sin querer se me salieron unas lagrimas. Me dijo sonriendo *-No llores, porque no vine a ver chillonas-* Secándome mis mejillas le dije muy emocionada *-Es que, nunca me imagine esta sorpresa. ¡Tengo tanto que contarte!-* Me miro tiernamente y me dijo *-Pues que bueno, porque yo vine a quedarme. Así podre oír todas tus quejas. Niñita chillona-* Y me abrazo fuerte. Yo le correspondí y le dije *-¿Qué te parece si, mientras desempacamos tus cosas, te cuento?-* Muy contenta me dijo *-Me parece de lo lindo, comencemos con aquella valija-*

Comencé a contarle lo de aquel hombre extraño que se hacía llamar Frank le conté desde el primer día que lo vi, hasta la última platica con él. No sé cuantas horas pasaron contándole y ella contándome sus hazañas, no nos callamos hasta que mi mama toco la puerta y nos dijo *-Niñas, duérmanse ya, que mañana no se van a querer levantar y tienen que ir a trabajar y ya es la 1 de la mañana ¡duérmanse por favor!-* Las dos dijimos al mismo tiempo *-Si mama-* Nos dio mucha risa y nos despedimos *-Ya nos dormiremos. Buenas noches-*

Esa noche dormimos juntas. A la mañana siguiente paso todo normal solo que mi amiga se quedó dormida y yo me fui a trabajar; el día marchaba sin nada en especial. Cuál fue mi sorpresa, que al faltar 30 minutos para salir llego mi amiga y me dijo -*Tengo curiosidad por tu galán, según me dijiste ayer, el va a venir por ti hoy, o ¿me equivoco Holly?*- Respondí con mucha seguridad -*No, no te equivocas. Al rato va a llegar, siéntate mientras eso pasa*- Ella me contesto con ademan de indiferencia -*Gracias*- Mi amiga estuvo allí husmeando la oficina, hasta que tocaron a la puerta -*Adelante*- conteste. Me quede tan sorprendida que por poco se me para el corazón, era él, pero venia diferente. No traía su aburrido traje negro, ni tampoco su sombrero, venia vestido con un pantalón negro y camisa café. Su cabello atado era largo, debajo de los hombros, rubio, tez muy blanca, ojos azules, todo él, era bellísimo; mi amiga se quedo sin habla, yo también y el rompió el silencio -*Hola Holly, he venido como quedamos ayer, y ella ¿Quién es?*- A penas pude decir -*Hola*- Mientras me controlaba. Después tartamudee algunas frases -*Que... bueno que viniste... ella... es mi amiga... te presento...*- El estiro la mano, ella solo articulo unas torpes palabras -*Hola, me llamo... Sandra Ormond*- Muy cordialmente nos hizo una proposición -*Bueno*- Dijo él mientras sonreía -*Las invito a cenar*- A lo que yo balbuceé estúpidamente -*No, mejor invítanos a una Disco*- Entonces él dijo -*A donde ustedes quieran*- Contestando alegremente mientras nos ofrecía a cada una un brazo. La velada, si así se le puede llamar, fue muy divertida, aunque me daba la impresión de que mi amiga Sandy (como la llamaba desde la infancia) quería toda la atención de Frank, pero pensé *"Ella es mi mejor amiga, casi mi hermana, como es posible que yo crea eso de ella."* Frank nos llevo y trajo en su automóvil, un carro deportivo de color negro padrísimo. Llegando a mi casa, charlamos por un rato mientras apreciábamos los bellos matices de la noche que se dejaban ver atreves del quemacocos de su coche. Cuando nos estábamos despidiendo de Frank me sorprendió tanto que él le pidiera a Sandy que nos diera un segundo a solas para poder hablar conmigo, ella parecía haberse molestado, pero sin más remedio, se tuvo que marchar. Cuando al fin estuvimos solos me dijo -*Espero que la próxima vez que te invite, vengas tu sola*- Expreso con cierta molestia. Yo me quede bastante sorprendida por su comentario, pero después de un segundo respondí -*Lo siento, ella... llego de sorpresa. Además es como mi hermana*- Dije yo con firmeza. Un tanto apenado de su comentario tan imponente, me respondió -*Esta bien. Te ruego que me disculpes. Por el momento me debo marchar, pero ¿Crees qué mañana te pueda ver?* A lo que yo aun molesta conteste -*No lo sé, tal vez, venga mi amiga y no te va a parecer*- Abrí la puerta del carro y caminé enojada, él se bajo del coche y en menos de un segundo me alcanzo y me halo del hombro -*No te enojes, perdóname, puedes traerla cuantas veces quieras, lo único que quiero es verte*- Dijo mientras me miraba fijamente a los ojos. Me di la media vuelta mientras articulaba unas palabras de reproche -*No, perdóname tu a mi*- Después de un par de minutos en silencio, gire una vez más para quedar frente a él y con un tono más relajado le seguí reclamando –*Pero es que... tú no tienes derecho a hablarme así... si ella te cae mal, no nos vemos mas, ella es mi amiga desde el kínder y no puedo decirle que no venga*- Se quedo pensando unos momentos y yo también. En ese silencio sentí su triste corazón, su mirada a pesar de tener tan bellos ojos, siempre los tenia tristes; pero todo se decidió cuando levanto la mirada me abrazo y me dio un beso en la boca. -*mañana te veo*- Me dijo -*No importa que venga Sandra. Nos vemos*- Dicho esto se despidió dándome un beso en la mejilla, yo solo alcance a articular una palabra –*adiós* Se subió en su automóvil y se fue.

Todavía yo tan sorprendida como me había dejado el abrazo y el beso, camine a mi casa pensando siempre en él, en sus ojos, sus brazos fuertes a la hora de abrazarme, sus labios tan dulces como miel y suaves como el pétalo de una rosa, su cabello tan rubio, todo él era tan alucinante y misterioso que cuando me di cuenta estaba sentada en mi cama tocándome los labios, recordando ese hermoso momento. Mi amiga me pregunto tantas cosas, pero lo único que yo le contestaba era *-Por favor Sandy, no me preguntes nada, a su debido tiempo te lo diré-*

Pasaron los meses y nos seguimos viendo, así cada día, yo me enamoraba más de él, era tan lindo conmigo, tan detallista, lo único que odiaba era que solo lo podía ver en la noche, durante este tiempo se lo presente a mi mama, y le cayó bien, me dijo que era muy simpático y respetuoso, también en este lapso de tiempo muy seguido escuchaba en las noticias de personas que aparecían muertas con una mordida en el cuello, inmediatamente mi imaginación volaba para con Frank, varias veces llegue a preguntarle acerca de eso y lo único que me decía era:

-"Mira Holly tu no entenderías nada, un día te de estos te lo diré"-

No podía hacer otra cosa que quedarme con las ganas de saberlo, hasta ese día que por poco y me da un infarto cuando me invito, como ya era costumbre, solo que esta vez, no fue como las otras, estaba muy cariñoso y al salir de mi casa me dijo *-Presiento que a partir de esta noche tu me odiaras y te iras de mi lado para siempre-* Hizo la mirada tan triste como el día que lo conocí, le tome la cara con mis manos y le dije *-Nada va a hacer que mi amor por ti cambie, no seas tontito-* Y le di un beso. Él en respuesta me abrazo y parecía no querer despegarse de mí, no sé cómo le hice pero me separe y le dije con desconcierto *-¿Qué te pasa mi amor?-* Un tanto triste en su tono me contesto *-Ya te lo dije, siento que después de lo que voy a decir me odiaras-* En un inútil intento de reanimarle le sugerí *-Si te sigues portando así, entonces si te voy a odiar, mejor vámonos-* Aun con su ánimo desconsolado me dijo -*Si vámonos, pero esta vez, te voy a llevar mi casa, ¿Te parece?*- Todavía un poco desconcertada por la gran tristeza que reflejaba su rostro, le dije -*A donde quieras, pero vámonos*- Nos subimos al coche y hasta que llegamos a un barrio algo elegante, se detuvo frente a una casa un poco oscura y dijo-*Hemos llegado*-

Nos bajamos del coche, nos metimos a la casa, que me daba la impresión de "casa del terror" por los jardines, la oscuridad y las caras de los empleados, que jamás, jamás me regalaron una sonrisa. Seguimos caminando; la sala era con muebles un poco antiguos, los cuadros de un señor, una señora y un paisaje y lo que más se me hizo curioso fue que tanto la casa, los muebles y los sirvientes parecían estar en otra época. Los adornos tan antiguos, los cuadros, los muebles, la ropa de los sirvientes, el comedor era muy bonito, la cocina no era tan antigua pero tenía cierto aire. Yo estaba tan fascinada con aquellas cosas que no me di cuenta que de pronto estaba sola, tuve miedo y le hable a Frank -*¡Frank! ¡Frank!*- Pero no me contesto -*¡Frank!*- Grite desesperada -*No hay porque tener miedo*- me hablo a espaldas y brinque de susto -*Holly aquí nadie te va a hacer daño*- Pero a pesar de sus palabras tan tiernas y seguras, aun así lo abrase.

-*Ven, ven por aquí*- Me subió por unas escaleras y nos metimos a un cuarto tan antiguo como el resto de la casa, entonces me dijo -*Quiero que te vistas para la ocasión*- Yo pregunte dándole a entender que no lo haría delante de su presencia -*¿Aquí?*- En una especie de disculpa dijo -*Espérame*- Y se salió. Yo me acerque al tocador, allí había unas joyas preciosas, un cepillo y unas cuantas pinturas, la cama era antiquísima, el closet, las sillas, el tocador, los esquineros, todo parecía como encantado, como si el tiempo se detuvo en esa casa, mientras yo admiraba el cuarto entraron dos sirvientas sacaron un vestido muy precioso, como los que usaba la emperatriz Carlota. El vestido era blanco con crinolina y algunos holanes, después sacaron unos zapatos que parecían de brujita con una hebilla al frente algo grande y me preguntaron -*¿Le ayudaremos a vestirse?*- Aun con ciertas dudas que rebosaban las entrañas de mi ser pregunte -*¿Esta casa es de Frank?*- -*Si*- contestaron al unísono. Pero yo seguía indagando -*¿Y por qué me voy a vestir así?*- Ellas volvieron a contestar a la par -*Porque "el amo" así lo dispuso. Por favor señorita, "el amo" la espera, vístase*- Al fin accedí -*Esta bien, pues, que así sea*- Pude ver cierto alivio en sus rostros al decir estas últimas palabras. Me puse el vestido y los zapatos, ellas sacaron dos peinetas, acto seguido me dijeron -*Quedo usted preciosa. por favor, nuestro "amo" la espera en el comedor*- Me abrieron la puerta y me condujeron al comedor, yo me sentía como en un cuento de hadas, baje por las escaleras y al final me estaba esperando él, con un elegante traje negro y un regalo, en eso el cielo comenzó a relampaguear y a nublarse pero no le tome mucha importancia, cuando llegue hasta él, le dije -*¿Por qué has mandado que me vistan así y me den estas joyas?*- Muy seguro de sí, me dijo con un aire de gran señor -*Porque así tu belleza resalta aun mas, toma es para ti*- Me dio el pequeño en una caja azul verdosa y al abrirlo quede tan fascinada porque era un collar con diamantes, me lo coloco en el cuello y me dio la mano, para decirme -*Por favor señorita, ¿Me permite acompañarla a la mesa?*- Yo tratando de llevarle el juego le dije, con aires de gran señora -*Con mucho gusto caballero, es un placer*-

Yo me sentía tan bien, tan llena de lujos que me olvide de los problemas tanto de la oficina, como los de mi casa y me deje llevar por él, su dulzura, su encanto, sin embargo yo pensaba en aquellas muertes que había escuchado en las noticias, eso me ponía nerviosa, mas solo verle, me reconfortaba.

La cena fue, una que se me antoja de las mejores que había probado en mi vida, cuando terminamos, me condujo hasta un cuarto donde había unas palomas blancas, sin alguna explicación me sentó en una silla que a mi juzgar, estaba muy antigua, después tomo una paloma y me dijo *-Pase lo que pase quiero que sepas que te amo, como nunca había amado a ninguna mujer, eres lo único que quiero y aunque yo no hubiera querido mostrártelo, sentía el deber-* En mi confusión por palabras tan profundas trate de decir algo *-Yo también te amo y nada hará que eso cambie-* Fue lo único que pude decir *-Eso espero-* Contesto nervioso. Vi como comenzaron sus hermosos ojos azules a tornarse blanquecinos y sus dientes crecieron como colmillos, se volvió vampiro, después mordió la paloma por el cuello hasta que estuvo muerta, y escurrió la sangre por sus mejillas. Yo no podía hablar, mi sorpresa fue tan grande que solo alcance a escuchar que él decía *-No le digas a nadie, por favor, te lo suplico-* Se hinco a mis pies y yo me desmaye.

No sé qué fue lo que pasó después, cuando ya me estaba despertando escuche muy lejos la voz de mi madre, que me llamaba muy desesperadamente *-Mi niña, mi bebe ¿Estas bien? ¿No te hizo nada ese monstruo? Pero deja que se pare por aquí, para que veas cómo le va-* En eso me desperté completamente y pregunte *-¿Dónde estoy, que me paso?-* Mi madre escucho y me abrazo, me beso en la mejilla *-¿mama donde esta Frank, como llegue aquí?-* Pregunte yo. No me quería decir nada pero al fin, contesto *-Anoche no se qué hora seria, escuche ruido en tu cuarto, como no había nadie porque Sandy se fue, abrí la puerta muy despacito de repente prendí la luz y el estaba junto a ti, pero no era el muchacho simpático que me presentaste si no, que era un horrible monstruo con unos largos colmillos y con sangre en la boca, eso fue lo que más me asusto, porque él quiso callarme, pero llego tu padre, quiso golpearlo pero salto por la ventana y desapareció, y tu*

¿No tienes nada? ¿Te sientes bien? ¿No te falta nada?- Le mire fijamente a los ojos con un gesto de disgusto *-Si mama, estoy bien-* Conteste molesta. Después pregunte *-Y ¿Sandy dónde está? necesito hablar con ella-* Mama me contesta un tanto preocupada *-Mira Holly yo creo que Sandy esta medio loca-* Algo desconcertada por el comentario hacia mi mejor amiga le pregunte *-¿Por qué mama?-* A lo que mama responde en desconcierto y preocupación *-Ayer cuando tú te fuiste subí, a dejar tu ropa en el cuarto y encontré a Sandy llorando, me dijo que no le preguntara nada pero que te diera este sobre, tomo su maleta y se fue, yo no entiendo porque, toma el sobre-* Agarre el sobre y le dije *-Gracias mama, lo leo cuando este sola-* Mama se quedo un tanto sorprendida por mi comentario tan seco y frio que solo me respondió *-Yo... me voy, te traeré algo de desayunar, no me tardo, mientras léela-* Tan solo agradecí su comprensión diciendo *-Gracias mama-* Comencé a romper el sobre que estaba perfumado y decía:

Holly:

Tu eres como mi hermana pero eso ya lo sabes y no quiero que jamás lo olvides, el motivo por el que me fui, es tu novio Frank, me gusto tanto que me enamora de él, inclusive varias veces, después que tu llegabas, yo estaba afuera y antes que el subiera al coche, le decía que yo le daba todo de mi, tu entiendes... sexo... pero el solo me decía: "yo te respeto y... también me gustas... pero amo a Holly, tu eres su amiga y es muy feo el engaño. ¿No crees? Adiós" permíteme felicitarte, porque tu novio es fiel entre los fieles, no te voy a decir a donde voy, pero lo único que voy a recordar con mucho cariño es a ti. Adiós.

Espero que me perdones, mi hermana, adiós para siempre.

Atte.

Sandra Ormond

Mientras terminé de leer la carta recordé a Frank, lo que él era y comencé a llorar, me duele mucho mi amiga, pero más me duele Frank, me gustaría hablar con él, decirle que a pesar de todo yo... lo sigo amando igual e inconscientemente besaba el collar que me había regalado, en eso entra mi madre *-Aquí está tu almuerzo, ¿iras a trabajar o aviso que estas muy enferma?*...- Pensó unos instantes y continuo *-Mejor avisare que faltaras dos días por razones de salud-* Me miro muy atenta *-¿De veras no te hizo nada ese inepto de tu novio?-* Me toco la frente y no dejaba de mirarme fijamente a los ojos. Solo respondí muy fríamente *-No mama, no me hizo nada, ahora almorzare-*

Pasaron los dos días tan pronto que me parecieron un suspiro, llegó el día de ir a trabajar pero por orden del jefe y a petición de mi mama, me dejaron salir las 6 p.m., yo me iba a quedar hasta las 8 p.m. para hablar con Frank pero mi padre fue por mi y así pasaron otros dos meses, yo muy triste metida en mi casa y cuando papa no iba por mí, iba mama, yo no lo soportaba más, me moría de ganas de verlo, abrazarlo, besarlo, decirle lo mucho que yo lo amaba, no me importaba lo que fuera, ahora entendía porque solo en la noche lo veía y también comprendía la tristeza en su mirada, en ocasiones mis pensamientos salían por mi boca*-Mi amor, tanto deseo verte, no me importa nada mas... nada más que verte-* Pues parecía que me leyó el pensamiento porque esa misma noche al estarme durmiendo vi una sombra, gracias a los relámpagos lo mire se acerco a mí, no me asuste yo deseaba tanto verlo; cuando estuvo frente a mí, durante unos minutos de silencio, demasiado silencio hasta que su voz lo rompió *-Ya no me quieres ¿verdad? Me odias ahora o me equivoco-* Yo respondí con un poco de alegría y otro poco de solemnidad -*Te equivocas completamente, yo te amo igual, es mas quiero ser como tú, hazme vampiro por favor, lo deseo con el corazón poséeme*- Lo abrase tan fuerte como nunca y el a mí. Me miro fijamente a los ojos mientras me respondía mi petición -*No puedo, no mereces este sufrimiento, es muy horrible ser esto*- En una enorme querella le dije -*No me importa, siempre que pueda estar contigo, lo demás no importa*- mantuvo su mirada fija como buscando la verdad en el reflejo de mis ojos y me pregunto -*¿Lo deseas muchísimo?*- Yo respondí con un rotundo -*Si*- Paseando su mirada por todo mi rostro en ademan de admiración me pregunto una vez más -*¿Con toda tu alma quieres ser mía para siempre?*- Con una firmeza y sin pensarlo dos veces le respondí -*Si... ahora hazlo*-

El comenzó de nuevo a hacerse vampiro y se acerco a mí, para morderme, en eso llega mi padre y lo aventó contra la pared, fue un golpe tan fuerte que se desmayo, mi padre lo encadeno y allí le abofeteo, a mi me encerraron en el cuarto. Al acercarse las 6 a.m. comenzó a gritar muy feo, gritaba mi nombre y a la vez lloraba -*¡Holly te amo! ¡Holly ayúdame por favor! ¡Holly amor mío... no me dejes morir!*- Pero papa, siempre lo puso en silencio con una bofetada, yo por poco tumbo la puerta de tanto patearla, hasta que se hicieron las 7 a.m. ahora no gritaba solo lloraba, papa comenzó a desencadenarlo y me grito -*Asómate para que veas como muere esta... cosa*- Yo estaba como loca gritaba, lloraba entonces recordé que las puertas se caen golpeándolas con el peso de tu cuerpo, pues ni tarda ni perezosa comencé a golpearla hasta que cayó, Salí corriendo y papa acababa de aventar fuera a Frank, el con los simples rayos de sol comenzó a quemarse pero antes de morir me dijo -*todo por ti, el collar que te di es en prueba de mi amor, nunca me olvides o me dolerá más que esto*- Al decir eso, me enseño su mano quemada y dijo -*Promete que nunca me olvidaras*- Yo la sujete con fuerza mientras esta ardía en llamas y le dije -*Te lo prometo*- En una gran agonía me dijo mientras gran parte de su cuerpo ennegrecía de lo chamuscado –*Más… fuerte*- Yo cerré mis ojos mientras aguantaba el ardor de las llamas que a mí también me consumían y dije con un gran dolor reflejado en las fibras más profundas de mi voz -*¡Te… lo… prometo!*- mientras perecía ante mí, sus ojos azules se volteaban al revés y su voz casi incomprensible me dijo -*Ahora… bésame… y… adiós*- Lo bese en la boca pero me queme, el agonizaba, gritaba muy feo que le dolía y ahí murió, al día siguiente nos mudamos, mama y papa bendijeron la casa y me llevaron a otro estado, nunca me dejaron volver hasta hace algunos años, yo volví por mi cuenta a ese lugar y llore mucho, fui a la casa donde él vivía y ya estaba habitada por otras personas y mucho mas remodelada. Así con este sentimiento, por horas recorrí caminando perdida por las calles que me vieron crecer. Me encontré con una de las sirvientas de Frank al pasar junto a mi me detuvo y me dijo -*¿Señorita, se acuerda usted de mí?*- yo respondí un tanto sorprendida -*Si… por supuesto, eras sirvienta de Frank, ¿como estas?*- ella contesto muy amablemente -*Yo bien, pero usted no se ve nada bien, a todos nos afecto mucho la muerte del "amo" pero la última vez que lo vi nos dijo que, si algún día la veía le diera esto, tome es suyo*- Asombrada por el inesperado obsequio pregunte -*¿Y qué es?*- Me entrego una especie de reloj antiguo con cadena y dijo -*No lo sé, señorita, pero el siempre lo traía junto a su corazón, tome… y adiós*- cordialmente me despedí de ella -*Adiós, que estés bien*- Mientras se alejaba me decía -*Igualmente usted, señorita, que le vaya siempre bonito*- El eco del viento se llevaron mis palabras -*Gracias*-

Yo tenía tanta curiosidad que no espere nada y la abrí, era una foto pequeña de Frank y una mía, lo guarde y hasta la fecha la llevo colgada al cuello y junto a mi corazón. Años después de este acontecimiento Sandy volvió, yo le explique todo y se quedo a vivir conmigo ella tenía ya tres hijos y su marido, era muy bueno, pero no vivimos juntas, porque yo amaba la soledad, ella vivía en el departamento de al lado nunca desde entonces estuve completamente sola.

Ahora que cuento de nuevo mi historia, siento que lo amo mas, lo amo como el primer día, creo que así moriré... recordándolo y amándolo.

Atte. Holly Mcgray

Muriel y el jardín de las rosas fantasmas

En las regiones olvidadas de un país desconocido transcurría el invierno del año 14... De nuestro señor Jesucristo. Los nubarrones negros cubrían el firmamento y ni siquiera la luna se atrevía a asomar sus rayos en aquella tétrica noche que parecía infinita; el frío incesante azotaba la comarca, pero a aquel joven de tez pálida, labios rosados y semblante demacrado no le afectaba, cultivaba alegremente sus rosales como si la primavera se encontrara en todo su esplendor. Entre los pétalos de una de sus rosas se encontraba algo escrito con tinta del alma, era un sentimiento que se desvanecía entre la niebla como un fantasma.

I.- Vivir sin ti.

Tengo que huir...
Debó de alejarme de ti.
Pero ¿Cómo decirle al corazón que no palpite?
¿Cómo hacer para no respirar?
¿De qué manera se puede terminar con este amar?
Si vive en las fibras más delicadas del alma...

Tengo que huir...
Debó de alejarme de ti.
Porque hasta las rosas se volvieron negras,
Porque hasta el aire se ha enrarecido,
Porque los recuerdo son atroces cuando pienso en tus labios.
¿Desde cuándo todo se torno gris?

De ti... Tengo que huir... De ti...
Debó de alejarme de ti.
Porque no puedo continuar enloqueciendo así,
Porque no es posible amar tanto,
Y ser despreciado en forma tan cruel.
Porque no puedo vivir en un llanto.

El jardín de Muriel se mezclaba con el viejo cementerio y no existía frontera que separa uno del otro; él entonces comprendió que este "lamento fantasmal" pertenecía a alguien que merodeaba por los alrededores. No muy lejos de donde Muriel pasaba las noches labrando su rosaleda. A la siguiente noche la silueta transparente de una doncella le observaba silenciosamente. La miro disimuladamente sin prestarle mucha atención e ignoro su presencia para no darle demasiada importancia a su estado espectral. Aunque esta mujer había sido sepultada hace ya algún tiempo, en su pecho palpitaba el corazón enamorado de una doncella y cada vez que lo hacia una rosa florecía en el jardín de Muriel. El silencio místico de la madrugada se imponía, mientras se escribía en otra de las rosas de Muriel algún recuerdo.

II.- A... F...

Como duele recordar...
¿Cómo hacer para no sentir?...

¿Si con cada respiro, el corazón te llama?
¿Si el recuerdo me vuelve triste?
¡Prefiero matarlo!
Morir para vivir...

Aún me arde la piel por tus caricias;
Todavía mis labios están húmedos con tu saliva.

Mi cuerpo se estremece;
Con el recuerdo de tus brazos,
De tus ojos, de tu amor…

Dime tu asesino inclemente.
¿Cómo pretendes que corresponda,
Al amor que me hundió en la soledad?

¿Cómo me pides que volvamos a vernos?
Si, con tu sola voz en la distancia
Inquietas mi espíritu…

Déjame por favor,
Déjame morir en paz…

Algunos decían que él era un ser condenado, otros que había vendido su alma al diablo o a algún otro ser infernal. Ese asunto era un misterio que nadie se atrevía a develar. La única verdad que se sabía de él, es que la luz diurna no tocaba su piel desde hacía mucho tiempo, tanto, que ni su propia servidumbre le conocía en realidad. Quizás el único contacto humano que él había recibido en años era con esta espectral dama que seguía escribiendo memorias en sus rosas.

III.- Secreto

He bebido tus pensamientos,
Devorado tus labios,
Desgarrado tu piel,
Leído tu literatura hasta el cansancio…

He llenado cada poro de mi piel con tu imagen,
Apresado mi corazón con tu recuerdo,
Torturado mi razón para silenciarla.
He dispuesto mi vida de modo que sea:

Tú sombra,
Tu aura,
Tu más recóndito sueño...
Tu necro-romántico secreto...

Ella por su parte estaba envuelta en los mitos y leyendas de apariciones, espectros sin paz que no logran encontrar el descanso después de la muerte; pues son de esos a los que la vida se les arrebataba de forma abrupta y no lograban el abandonar el plano terrenal. Su nombre él deseaba conocer y fue a buscar entre las lapidas del cementerio donde encontró otra de sus rosas teñida con tinta del alma.

IV.- Día fatal

A cuenta gotas se me va la vida,
Cada nuevo amanecer es uno menos en espera del día final...
Presa me encuentro entre estos barrotes de acero,
Me dictaste sentencia de muerte,
La angustia corroe mis neuronas;
El llanto brota cual manantial.
¡Luchare!
Sé que será en vano;
Pero no debo rendirme.
El día se acerca:
31 de octubre.
! ¡Día Fatal!
Al firmar ese papel,
Debes de estar consciente que moriré...
Me entregare a la muerte...

Lady Silvania, solo pronunciar su nombre infundía confusión y terror en los lugareños. La historia de un amor prohibido y un desenlace fatal. Una mujer que por amor se perdió entre los laberintos de la locura y se arrebato la vida.

V.- Nupcias

¿Qué momento me espera?
Mirar tu alegría será mi fin.
Cuando la marcha nupcial resuene…
Mi castillo se hará mil pedazos,
Se rasgará mi piel hasta los huesos,
Morirá lentamente mi corazón al compás de la música…

Ángel mío,
Vampiro amado,
Maldito entre los malditos.
Dime:

¿Cómo puedo dejar de amarte?

¿Mitos, Leyendas? ¿Quizás? Pero Muriel no podía vivir más con la duda, así que decidió ir a esperarla a la medianoche en las orillas de su sepulcro. Le llevo una de las rosas que él había cultivado con mucho cuidado. Solo una mano salió de entre el terregal para aceptar la rosa. Muriel la coloco cuidadosamente y se marcho mientras el silbido del viento escribía en ella.

VI.- Indiferencia

Caminando entre el bullicio de miles de personas,
No logro encontrar un motivo de consuelo.
Decepcionada, vuelvo taciturna a la soledad.
Si, a la soledad de las cuatro paredes de mi tumba,
Las cuales me reciben con un cálido abrazo.
Confortando a la tristeza que embarga a mí ser…
Ahí, tu imagen me sonríe amorosa

Y el recuerdo de tu voz alimenta mis deseos de escribir.
Aunque a veces siento que mi presencia te es indiferente...

Los meses pasaron y la salud de Muriel decayó, su semblante demacrado dejaba ver la crueldad de dos ojeras en las que se hundían sus ojos. Él se angustiaba por sus rosales, aunque en ocasiones le llenaba de alegría el pensar en el fantasma de Lady Silvania. Aquella fue la primera noche en la que ella se decidió por aventurarse fuera del cementerio. Tomo una rosa del jardín y sus ropas espectrales se pasearon por un tiempo dentro de los muros del castillo hasta que logro encontrarlo. Muriel permanecía despierto mientras miraba hacia afuera por el ventanal de su habitación. Cuando sintió un escalofrió muy peculiar al voltear hacia el otro lado de la habitación ahí estaba ella. Silvania tan solo le dio una rosa que puso entre sus manos y se desvaneció en la delgadez del aire.

VII.- Entrega

Cuando menos lo pienses...
Cuando menos lo esperes...
El día en que la luna llena se postre poderosa
Coronando el inmenso cielo con su luz,
Apareceré en la cabecera de tu cama.
Sin voluntad alguna te entregaras a mi pasión,
Desenfrenada.
Cuando estés al borde del éxtasis,
Sucederá lo mejor.
Después de beberme tu pasión,
Después de saciar mi obsesión,
Me beberé tu sangre.
Habrá fiesta en el otro lado de la luna.
Entonces sabrás que tu alma y tu vida,
No te pertenecen más...

> Todas tus fantasías se harán realidad,
> Así como tú lo deseas…
> Pero solo bajo una condición,
> A cambio de tu miserable alma.

Este fue el primero de muchos encuentros en los que Muriel y Lady Silvania se cortejaban para tratar de revivir algo muerto que por momentos parecía que estaba vivo. Él seguía muy enfermo, su corazón se debilitaba a cada latido y al parecer su mal no tenía remedio, aun así las ansias de poder llegar a la víspera de una noche más le llenaba de alegría; porque quizás esta sería la noche en la que ella le visitaría. Esa noche el frio era muy intenso el viento soplaba incesante en las afueras del castillo y la debilidad de su cuerpo no le permitió mantenerse despierto y sucumbió a las arenas de los sueños. Al despertar encontró una rosa en su mano.

VIII.- El ultimo latido del corazón

> Cuando trato de verme al espejo no hay reflejo.
> Cuando camino por las noches de otoño y el viento sopla;
> Este se lleva a lo lejos las cenizas de mi ser.
> En donde el batir de las alas del cuervo se escuchan,
> En donde el claroscuro de luna ilumina en grises,
> La desolación de un sepulcro vacío.
> Ahí… se encuentra mi hogar.
> Tus recuerdos van muriendo lentamente,
> Aun que para serte sincera,
> Siguen doliendo de la misma manera.
> ¿Dónde está mi inocencia quebrada?
> ¿Dónde encuentro los fragmentos de mi alma?
> ¿Cómo vuelvo a escuchar el latir de mi corazón?

Era una de esas noches oscuras en las que la luna no quería dar su luz a la tierra. Muriel se incorporo de su

letargo sin importarle nada, él no podía aguantar más la
soledad que se impregnaba en las paredes del recinto y
emprendió la marcha hacia las afueras del castillo; pero
para su desgracia los pies no coordinaban sus pasos y
en un tropiezo cayo por los escalones de la escalinata.
Cuando despertó se encontraba una vez más dentro de
sus aposentos. La tristeza le inundaba el alma; pero su
semblante cambio cuando descubrió en su buro una rosa
fantasma de su jardín.

IX.- Flor Fantasma

Eras la más bella rosa de este lúgubre jardín,
He admirado tu brote, tu sutileza y como evolucionaste;
Pero soy egoísta y decidí tenerte solo para mí.
¡Qué ingenuo fui al no darme cuenta del gran error que cometí!
Apenas te sentiste libre del tallo que te ataba a la tierra,
Distorsionaste tu belleza y amargaste tu aroma,
Tu esencia se torno oscura y palideció tu brillo.
Perdida…
Se marchito la candidez de tu hermosura,
Tus espinas no solo hirieron mis manos al intentar tocarte;
También espinaron mi alma con tu maldad e indiferencia.
Al abandonarme me dejaste sangrando,
Me humillaste como un triste enamorado.
¿Qué mal te hice florecilla para que me pagaras así?
Lo único que siempre te ofrecí fue mi corazón colmado de
ternura
Colmado de amor…

Muriel había salido a cultivar y disfrutar las rosas de su
jardín sin importarle su salud. Su semblante se entristeció
al ver lo descuidado que el jardín se encontraba. Con un
gran esfuerzo tomo su pala pero esta cayo de sus débiles y
huesudas manos que no podían sostenerla. Desconsolado
dio la media vuelta y se dirigió hacia el portón de su

castillo, en donde ella lo alcanzo, le acaricio el rostro y en el bolcillo de su camisa coloco una rosa.

X.- Quimera

Cierto es que deambulo sin reconocer
que hace algún tiempo fallecí,
Me pregunto si ¿será posible que un fantasma se enamore?
¿Acaso alabo a un ser que solo existe en un espacio vacío,
Oscuro y retorcido de mi cerebro donde
la razón dejo los dientes?
Me entregue a los brazos de la locura tan solo por una quimera.
Qué gran conmiseración siento al saber
que el amor esta tan adentro,
Que el aire lastima al pasar por los pulmones de mi cadáver.
¿Acaso los muertos pueden sentir aun después de muertos?
La oscuridad no ha logrado proteger este
corazón que se suponía muerto.
¡Late aun! ¡Todavía esta tibio!
¿Por qué? Un grito mudo sale desde las
entrañas de mi alma. ¡Por qué!
No logro encontrar una razón para mis tormentos,
Solo la ternura de tu voz acalla las torturas,
Tu voz aplaca mi sed de morir nuevamente,
Me envuelve en la paz que necesito para volver al sepulcro…

¿Por qué te quiero sin importar que mi fin haya llegado?
¿Por qué esta maldita obsesión aun después de la muerte?

Lady Silvania lamentaba mucho ver como la vida se escurría poco a poco entre las manos de Muriel. Un ser tan noble como él no merecía caer en las redes de la muerte; mas sin embargo el cruel destino no escatimaba. Por un instante ella dejo al lado su propio dolor y con un suspiro recordó el primer día en el que conoció a Muriel.

XI.- ¿Cómo sacarme esta espina?

Me aventure a traspasar el umbral,
Que aroma suculento el de las rosas,
Que visión sublime el de aquel encantado lugar.
Allí estas tu cuidando tus preciados tesoros,
Abonando con cariño y ternura cada una de ellas,
Me pareció que eras un ángel, al admirarte tan hermoso;
Me incline a tu persona...
Una espina del rosal de tu corazón atravesó el mío.
Desde entonces vivo unida a ti,
Sangrando continuamente hasta morir,
Deleitándome con las hermosas flores,
Las hermosas flores de tu encantado jardín.

Muriel se asomaba por la ventana y lo que se encontró fue
una escena terrible su jardín moría a pasos agigantados
quizás de la misma manera en la que él estaba muriendo,
con los hombros caídos miro de reojo hacia las
aproximaciones del cementerio. A lo lejos en el panteón,
la sombra de Lady Silvania se lograba ver merodeando
entre las tumbas; pero mantenía su distancia. Intrigado al
no poder comprender porque ella se alejaba las lágrimas
le rodaron por las mejillas y en el silencio del castillo se
escucho un lamento que Muriel no pudo contener. Al alzar
la mirada en la puerta de su habitación pegada estaba una
rosa y la alegría se dejo ver una vez más en su rostro.

XII.- El despertar de Lady Silvania

Semi-desnuda espero con ansia la hora de entregar mi ser...
Miro por el cristal tu silueta, anuncia
que el fin esta por dejarse ver...
Mi lugar de reposo es húmedo y frio hecho sin destreza,
Llego el momento de levantarse y sacudirse esta tristeza.

La luna paulatinamente hechiza la negrura de la noche,
Sus rayos iluminan tu faz y dejan al
descubierto tu figura sin reproche.
Vienes a mí, escucho tus pasos a lo
lejos y pierdo toda voluntad.
Me entrego a la idea inalcanzable y siento tu inmortalidad.

Siento tu frialdad, tus brazos rodeando mi cuerpo.
Tu aliento frio sobre mi boca me llena de desconcierto.
El reloj marca la medianoche de pronto
todo se nubla en el cielo,
Tu rostro me parece tan lejano, las
sombras lo cubren con su velo.

Confieso que al solo verlo el dolor queda olvidado,
Y le doy gracias a la muerte que ha borrado el pasado.
Me sacudo la tierra que a mi cuerpo había enterrado
Y simplemente espero que nos una un momento inesperado.

En el tic-tac del reloj de péndulo cuando la campana
anunciaba la tercera hora de la noche un intruso se infiltro
entre los recovecos de aquel monumento de piedra que
era el hogar del agonizante Muriel. Un ser harapiento
vestido de negro llevaba en su mano una balanza y en
la otra una guadaña. Recorrió cada rincón hasta que lo
encontró, silencioso se aproximo hasta la cabecera y de un
solo crujir de huesos el cuerpo del joven Muriel no resistió
mas las atropellos de su grave enfermedad que termino
por acabar con su existir, mientras el ladrón le robaba la
vida. Al salir del castillo el segador se encontró con lo que
alguna vez hubiera sido un bello jardín. Entre los rosales
muertos por el frio y la falta de cuidado encontró una bella
rosa fantasma que florecía, la corto y la fue apreciando
mientras se desvanecía entre la niebla.

XII.- Confusión

Creí que había perdido todo,
Y me encontraba tan solo;
Y lo único que tenía era odio,
Odio a mí,
Y a la vida que no tiene fin;
Y a la muerte que siempre te encuentra
Como el principio del fin.

El tiempo a transcurrido envejeciendo todo lo que se encuentra a su alrededor, el lugar a sido abandonado quedando únicamente ruinas de lo que alguna vez se había erguido ahí. Algunos creen que lo único que queda en pie es el viejo reloj de péndulo el cual aun continúa marcando la hora. Los lugareños conservan la tradición de contar historias con las que espantan a los pequeños para que se vayan a la cama. Entre esas historias esta el relato del joven Muriel y Lady Silvania quienes se cree que asustan por los alrededores. Se dice que recorren las ruinas del jardín durante la medianoche en busca el uno del otro, entre los ruidos nocturnos se escucha un agonizante lamentar y al fin cuando el reloj suena sus campanas indicando la tercera hora de la noche sus ánimas se reúnen una vez más.

VOCES EN EL BOSQUE DE LA POESÍA

Ilustración Por Andrew Hendrick-Ortiz

Amor y Odio

18/Julio/1997
Cristian Roberto Salas Martínez

Tu, pequeña chica perdida
Tú eres la razón de mi vida
Tú eres la razón de mi dolor
Por este maldito amor.

Sintiendo esto por ti
Pierdo la fuerza de vivir.
Mis nervios se tornan tensos
Mis pensamientos se vuelven densos.

Los árboles crecen sin ninguna razón
Tu amor sería una bella redención
Las serpientes se arrastran por la arena
Tú únicamente haz sabido darme penas.

Mis compañeros son árboles y serpientes
Esta sensación me estremece hasta los dientes
Lo que siento por ti no es amor
Es una maldita drogadicción

Eres una maldita perversa
Ahora os estremezco con fuerza.
Os golpeare en vuestro vientre
Os morderé con mis dientes.

Me arrodillo ante vuestra figura
Os are sufrir con dulzura
Os torturare con locura
Os amare con ternura.

¿Por qué Sigues Aquí?

16/marzo/2010
Cristian Roberto Salas Martínez

¿Qué es tuyo y qué no lo es?
Que te deja el destino cuando
Las cosas no salen como tú crees
Cuando los silencios rompen los lazos de la realidad
Y los gritos el velo de la estabilidad

¿A dónde se va lo que no se tiene que ir?
Dejando solo un amargo vivir
Un espíritu indomable con pocas ganas de seguir
Cuando tú los ojos les quieres abrir
Solo te señalan con el dedo el camino que debes proseguir

Cuando tu una meta
Les enseñas a alcanzar
Solo una mala imagen de ti
En sus mentes logra quedar

¿Por qué se queda lo que se tuvo que marchar?
Se ha quedado la frustración de una vida pasada
En el corazón una partícula quebrada
En el espíritu un alma destrozada
Y en el mar ya solo queda agua salada

Porque sigues aquí
Cuando ya te dijeron que te tienes que ir.

Rutina

1/abril/2010
Cristian Roberto Salas Martínez

Hoy la rutina interrumpe mi pensar
Y el silencio no deja de llegar
Mis ideas no las logro enfocar
En mi mente los pensamientos se empiezan a quebrar

De que no viste la película desde el inicio
De que el ocio es la madre de todos los vicios
De que la sabiduría es una forma refinada de perversión
De que la realidad es una simple ilusión
De que la gente a veces no leerá lo que escribas
De que las verdades mas sabidas son solo mentiras
De que dios ya dejo el edificio
De que realmente no hubo sacrificio

Solo la mano injusta del hombre sobre el hijo del hombre.

El Silencio de unos Ojos Rasgados

Cristian Roberto Salas Martínez
Oct./27/09

Sé que el dejarte sola,
Fue una de mis grandes equivocaciones.
Cuando llamo a la casa de mis amores,
El silencio de unos ojos rasgados
Me indican mis errores.

Y si se que tu silencio es un reproche,
Cuando yo lo siento, mis emociones;
Se pintan de mil colores.
Y quizás se que nunca te lo digo,
Aunque te encuentres lejos;
Siempre estarás conmigo.

En los recuerdos
De una soledad lejana;
Siempre te encontrabas,
En un mundo de ensueño.
Y nunca creí que me mirabas.

Parte de mi realidad me dice;
Que cuando el vampiro
Que en mi habita, se alimenta,
Tu tristeza es su principal
Y más cercana presa.

Y cuando este ser en mi se impone,
Yo no sé qué hacer,
Pues yo no tengo control de mis acciones.
Y si todo en mi se descompone,
Yo me vuelvo solitario
Y me alejo de mis tristes emociones.

Dedicado a Karina Rodríguez

Cuestiones complicadas
y razones ajenas

Cristian Roberto Salas Martínez
5/diciembre/2011

El viento sopla dejando un zumbido en mis oídos,
Haciéndome recordar ciertos momentos que hemos vivido.
A lo lejos el sol va muriendo junto con el ocaso,
Oscureciendo todo cuanto se encuentra a su paso.
La noche me envuelve en su silencio
y me recubre con su manto;
Pero yo se que a mi lado tengo a alguien que me quiere tanto.
No tengas miedo si en ocasiones de ti me alimento,
Es tan solo el ser oscuro que llevo por dentro.

Si volteo hacia atrás solo veo la solemne tristeza del pasado;
Si pretendo alzar mí mirada demasiado,
Solo encuentro la incertidumbre de un futuro inesperado.
Pero si me detengo y miro a mi costado,
Puedo darme cuenta que tu siempre estas a mi lado.

Quizás la soledad en realidad nos ha servido de algo,
Aunque la pena nos ha colmado el alma de embargo.
La tranquilidad es en verdad lo que esperas;
Cuando tu sufrimiento ha sido de a deberás.
El camino que se encuentra ante nosotros es largo,
Y resulta casi imposible descansar en mi letargo.
Por cuestiones complicadas y razones ajenas,
Hemos recorrido la vida en distintas veredas.

Si volteo hacia atrás solo veo la solemne tristeza del pasado;
Si pretendo alzar mí mirada demasiado,
Solo encuentro la incertidumbre de un futuro inesperado.
Pero si me detengo y miro a mi costado,
Puedo darme cuenta que tu siempre estas a mi lado.

dedicado a Karina Rodríguez

Anima Solitaria

23/Octubre/1997
Cristian Roberto Salas Martínez

No he encontrado la solución
A esta penosa transformación
Que podré decir como explicación
¿A caso tendré que derramar mi corazón?

Las azules y espumosas olas
Las transformare en ideas positivas
Pero únicamente a solas
Te darás cuenta de mis mentiras alternativas

Encerrado entre paredes invisibles
Perdí mi estado sólido
Evaporado entre esencias imposibles
Llegue a ser algo mórbido

Ubicado dentro de tu ser
Desde aquí lograras ver
Que tan sencillo es para mí
Ahuyentar tu sueño
Este beso mortal es solo para ti
Lo daré justo en tu cuello

Ya controlo tu mente
Ya me pertenece tu cuerpo
Soy un misterioso ente
Que a veces te pregunta si has muerto

Soy esa triste lágrima
Que empaña lo transparente
Soy una terrible ánima
Que perturba y engaña a la gente

Lucero Azul

21Marzo/2006
Cristian Roberto Salas Martínez

Recuerdo los momentos antes de conocerte,
Eran mareas tranquilas en cuyas aguas nunca imagine verte,
Eran mareas tranquilas en cuyas aguas
nunca imagine perderte.
Recuerdo que buscaba las razones del universo y las estrellas,
Recuerdo que después buscaba tu rostro en cada una de ellas.

Entonces para mí, la soledad y la reflexión
eran las cosas más bellas;
Hoy solo sé que por ti, no hay luz en mi cielo sin estrellas.
Antes de tu llegada a mí existir,
De mi vida no había mucho que decir;
Y aunque en mi vida no había ningún sinsabor,
Mi alma se encontraba dulcemente
teñida, del más triste color.
Triste y monótona todos los días, pero
nunca hubo sufrimiento ni dolor.

El destino que hasta aquel entonces me había encaminado,
Quizás no era muy agradable y dichoso
como se hubiera esperado;
Aun así, soportaba cualquier angustia que
en mi trayecto se hubiera cruzado.

Fui aquel navegante que en la noche se perdió…
Navegante nocturno sin razón,
Navegando en las profundidades de la reflexión;
En mi navío nunca se vio mucha conmoción,

Pero un día me volví naufrago de
mi sentimiento y emoción,
Era un día de marea tranquila y sin mucha agitación,
Cuando en el reflejo del fondo vi una hermosa ilusión.

…Desde entonces supe que mi ser tenía corazón.
Por una ilusión volví a nacer,
Y por una ilusión soy el dolor en espera del amanecer.
No veo la manera de poder retroceder.

Hoy soy solo una pasajera sombra en la oscuridad,
¿Por qué no puedo encontrar más aquella paz
Que se refugiaba en la reflexión y la soledad?
No te podría explicar con palabras la angustia,
Que a mi alma causa tu ausencia;
Es un demonio que empuja,
A los abismos de la noche sin existencia.

Que doloroso luce todo sin ti,
Ya no hay plegaria capaz de decidir por mí.
Mi dolor lo quiero lentamente degustar,
mi dolor esta en el dulce color de la soledad.
No me puedo imaginar que de mi vida será,
Sin el lucero azul de tu ser, que ya no me alumbrara.
Sé que pronto me has de olvidar,
Pero mi amor por ti… **No conoce el final.**

Poema Del Vampiro Azul

27/septiembre/2003
Cristian Roberto Salas Martínez

Voy a la deriva en esta tétrica noche,
Navegando sobre mares de desilusión.
Voy navegando sin rumbo,
En mi barca de negra naufragación.

Dentro de mi alma hay las heridas
Que ha hecho la solemne vida.
Dentro de mi pecho hay un corazón azul
Al cual le clavaron una espina.

Mi cuerpo ha muerto,
Por la pena que produce esta vacía existencia.
Mi alma ya no sufre,
Pues las heridas aumentan la decadencia.

La sangre que mantenía vivo mi espíritu
Se ha derramado toda.
Mi fe era un castillo de arena
Que ha destruido sin piedad una ola.

Mi muerte es tan evidente
Como el nacimiento de este ente.
Mi corazón se ha desangrado
Pues esta penosa sed ha llegado.

Mi existencia ahora no es mortal
Pues la necesidad de tristeza no es normal.
He evolucionado asía un ser fúnebre

Pues en mis ojos hay destellos de lumbre.
Vampiro azul ahora soy
Desgraciadamente si hay penas ahí estoy.

Busco sin descanso seres que,
Solo en sueños han tenido materia.
Busco con desesperación seres sin luz
Que viven una vida etérea.

Busco con ansia a la diosa de la luna
Creo que ella curara mi enfermedad.
Busco sin parar cielos de luna llena
Aullando por las noches mi ansiedad.

He encontrado un ser patético y melancólico
Que saciara mi penosa sed.
Le he encontrado dormida parece que ha llorado
En sus ojos lo puedo ver.

He encontrado este precioso ser
Del cual su sangre azul puedo beber.
He encontrado su bella piel desnuda
Y le robare el aliento pues parte de ella quiero ser.

Mi muerte es tan evidente
Como el nacimiento de este ente.
Mi corazón se ha desangrado
Pues esta penosa sed ha llegado.

Mi existencia ahora no es mortal
Pues la necesidad de tristeza no es normal.
He evolucionado asía un ser fúnebre
Pues en mis ojos hay destellos de lumbre.
Vampiro azul ahora soy
Desgraciadamente si hay penas ahí estoy.

Entro en sus sueños para encontrarle
Solo encuentro soledad.
Alguien le ha desgarrado el alma
Su sufrimiento es monumental.

Le encuentro en la bahía llorando
Corre sin parar asía la luna llena.
Me deslizo entre las sombras oscuras
Para quitar esa dolorosa pena.

La tomo entre mis brazos y le miro
Con mis ojos negros profundamente.
Ojos negros como dos mares vacíos
Llenos de soledad que reflejan su ser latente.

Acaso he encontrado a ese ser
Que siempre ha vivido en mi mente
Acaso veo ante mí a mi corazón azul que muere y vive
Al mismo tiempo siendo indiferente…

Mi muerte es tan evidente
Como el nacimiento de este ente.
Mi corazón se ha desangrado
Pues esta penosa sed ha llegado.

Mi existencia ahora no es mortal
Pues la necesidad de tristeza no es normal.
He evolucionado asía un ser fúnebre
Pues en mis ojos hay destellos de lumbre.
Vampiro azul ahora soy
Desgraciadamente si hay penas ahí estoy.

Cuando Fue La Última Vez…

7/marzo/2010
Cristian Roberto Salas Martínez

Cuando fue la última vez,
Que mis labios decían tanta estupidez.
Y que mis palabras lastimaban,
Como dagas que al alma desgarraban.
Si, en mis recuerdos logro ver,
Que la última vez fue ayer.

Fue ayer que el dolor me consumía.
Fue ayer que yo de ti me desprendía.
Fue ayer que la llama de mi amor moría.
Fue ayer cuando te miraba con ironía.

La gente dice y la gente rumora,
Que mi alma siempre anda sola;
Porque la vida me ha desilusionado.
Lo que digan lo hago a un lado,
Si ellos supieran lo que realmente a pasado.
El cielo es azul aunque el día este nublado.

Cuando fue la última vez,
Cuando todo lo que hacía salía al revés.
Que mis emociones se ocultaban,
Y que los sentimientos me mataban.
Si, en mis recuerdos logro ver,
Que la última vez fue ayer.

Fue ayer cuando la vida no valía.
Fue ayer cuando mi orgullo se imponía.
Fue ayer cuando el sol no salía.
Fue ayer que la soledad me envolvía.

El silencio es penetrante,
La locura te consume a cada instante.
La felicidad es un solitario caminante.
Cuando la buscas se encuentra muy distante.

Cuando fue la última vez,
Que mis labios hablaban por hablar.
Y las palabras lastimaban, sin piedad
Como dagas que al alma entraban.
Y desgarraban lo que ahí quedaba

Ayer fue que en agonía estaba.
Y por la borda te tiraba
Ya que el amor que por ti sentía,
Resulto ser una ironía.

La gente habla y susurra,
Que soy presa de la locura;
Que la vida en su trato me ha trastornado
Pero lo que digan será por mí, desechado
Si supieran el motivo de mi tristeza.
La lengua se tragarían con sutileza…

Apenas recuerdo la última vez
Que las palabras, las proferí al revés
Tratando de enmascarar mi dolor
Solo Para darte la razón

Cuando fue que mi orgullo se perdió
Para dar cabida a este sentimiento sin valor
Que obscureció al padre sol
Y en pérdida me dejo.

El silencio me ensordece,
La muerte me estremece.
Y mirando al infinito aberrante
Encuentro que la felicidad está muy distante.

En las Garras de la Nada

15/febrero/2012
Cristian Roberto Salas Martínez

He sido esclavizado de los vicios más
mórbidos por un largo periodo
Y sé que ya no hay remedio, pues me
carcajeo mientras me hundo en el lodo.
Mi alma se ha ido sofocando entre
todas estas inmundicias;
Pero lo que la ha matado a sido la más
negra de todas las malicias,
La perversidad camina lentamente como la
sangre que escurre por mis manos,
Aunque esto es solo el llamado de las sombras
que sufren todos mis hermanos.

La marcha celestial de las gotas de
lluvia a lo lejos resonaba,
Mientras yo lentamente me desprendía
de las garras de la nada.
La macabra sensación de que el número
de muertes lo había sobrepasado
Y en sigiloso descenso, entre las sombras
de mi maldad me había refugiado.
Tras bambalinas, el silencioso eco de
los corazones ya marchitos;
En el escenario, amenazado con los
supuestos artefactos benditos.

La amenaza más preocupante no se encuentra por afuera,
Lo más sádico de mi condición es
que: "El morir, no pueda"

Pues cuando me encuentre enfadado de todo
ese miedo y ese dolor ocasionado,
Cuando los gritos no imperen, los cuerpos
no se muevan y la sed se halla saciado,
Es cuando desgraciadamente me doy cuenta
que soy un ser triste y solitario.
Pues cuando sale el sol, de cuclillas entre
las sombras me escondo a diario.

Soy un ser maldito que la luz le quema
hasta lo profundo de las entrañas,
Un monstruo agonizante atrapado entre
las redes de sus propias marañas.
Por más que intente escapar, más me adentrare
en lo profundo de la oscuridad,
Las palabras que logro escuchar son las
que me murmura mi propia soledad:
*"Mientras el sol brille, la conciencia punza
y la voluntad se mantiene quebrada,
Pero cuando salga la noche una vez más
me librare de las garras de la nada".*

*Confusión

Creí que tenía todo,
Y me encontraba tan solo;
Y lo único que tenía era odio.
Hacia mí,
Y a la vida que no tiene fin.
Amando a la muerte,
Que siempre te encuentra,
Pues es el principio de tu fin.

* *Versión autentica plasmada en una pared con la sangre del autor.*

El demonio de la Perversidad

(Satírica contra el Vampiro Azul)

Salas Martínez/ Magallanes Serrano
2/Diciembre/2005

Con la sonrisa y la mirada perversa
De demonio encabronado,
Me he puesto alegre, porque a ti
Miserable ser te he encontrado
¿Qué creíste?
Que de mi te habías librado…

De una sola vez te digo,
Que he de dar muerte poética
A tu nefasta vida sintética,
Frenética,
Existencia patética.
Circuito sin respuesta
¡Maldito vampiro de probeta!

Qué curioso se vería
En tu tumba,
El epitafio que diría:
"Aquí tristemente yacen
Los restos fúnebres,
Del Vampiro Azul,
Al cual entre noches lúgubres
Se le podía ver volar.
Por ahí se dice que la sangre atormentada,
Era lo que más solía degustar
Hoy solo desolación y tristeza,
En este lugar se encontrara,"

"Se confió demasiado
De sus demonios internos
Los cuales ahora,
Le atormentan en los infiernos
Pero en todo caso,
Fue uno en especial
El que lo persuadió a tomar,
Tal decisión fatal.
Si, fue El Demonio de la Perversidad,
El que le engaño diciendo,
Que amanecer era igual a libertad.
Hoy solo desolación y tristeza
En este lugar se encontrara"

Así es mi estimado Vampiro Azul. Yo soy
El Demonio de la Perversidad,
El que sin pensarlo mucho va a consumirte hoy
Acabare de una sola vez
Con tu triste longevidad.
Y si quieres
Puedes afilarte muy bien los colmillos,
O buscar en tus datos binarios mis motivos.
Sin tanto, mis motivos son muy sencillos
A cada instante que pasa
Me enferma tu patético estado
El ver que a veces,
Vuelas de lado
Viejo a dónde diablos vamos.

Mejor desvanécete
De una maldita vez,
Si sientes que tu existencia
Es definitivamente al revés
Sé que ocupas ayuda,
Y yo tengo la solución
Poseo una infalible vacuna
Qué alivio dará a tu situación.

Es un Mata-ratas muy potente
Muy común entre la gente.
Que al cabo murciélago o rata
Me da lo mismo
Con un poquito de mi ayuda
Te irás al fondo del abismo.

Y ya que al pozo vas
Y que polvo eres,
Y en polvo te convertirás
Con un poquito de amanecer
Que otra cosita mala,
Te podría suceder.

EL LAGO DE LA REFLEXIÓN

Ilustración Por Andrew Hendrick-Ortiz

Las
Falacias
Humanas

El camino azul

En mi sangre corre la respuesta a todas las dudas y en mi dualidad se encuentra mi vacía existencia, sé que mi presencia es pasajera e insignificante, pues **no importa lo que haga o deje de hacer, el universo siempre mantendrá su curso.** Sé que soy lo que yo quiero ser y que tengo lo que quiero tener. Pero al nacer el sol me ha dado la bienvenida a este espectáculo. Si quieres saber que hay detrás de esta mirada fría, mantén la atención en el escenario y te darás cuenta que nací aun lado del camino azul.

Si vas esquiando por ahí, en mi vida te encontraras con una delgada capa hielo. No te sorprendas al verme estrellado en el suelo, pues mi vida es frágil como el hielo. Crecí con los recuerdos de algo que nunca viví. Pero ¿Qué ha quedado para mí? solo muchos traumas por sentir. Gracias a los cuales empecé a construir esta gran muralla pues allá afuera no hay alguien para mi, ni nadie sabe lo que pasa dentro de mí. Soy frió como el invierno, seco como el desierto, y casi nada me logra divertir.

Alguna vez te has preguntado *¿Por qué buscamos refugio con la promesa de que todo será mejor? ¿Cómo llenar esos lugares vacíos cuando la gente no está? ¿Habrá alguien en esta tierra que me haga sentir como una persona de verdad, alguien que me pueda liberar?*

Día tras día la vida se me va y noche tras noche pretendo que todo está bien, pero me siento vació como un hoyo negro. Será tal vez el final del camino o acaso huyo del camino azul. Veo la trayectoria de mi vida y no ocupo drogas para entenderlo, no queda nada bueno en particular. Quisiera poder decirle adiós a este lugar en el que no existo, pues nada de lo que está aquí me puede curar del color azul que me consume en un gran daño cerebral.

Lobo Azul

Clavado en el filo de la nada, en el filo del tiempo. Frente a mi esta el abismo, justo ahí. Desde aquí se ve la realidad tan pequeñita, parece una diminuta hormiga; y pensar que le tengo tanto miedo. Vagamente a un costado entre la niebla distante, logro ver al legendario lobo azul asechándome, vigilando cada movimiento que yo efectuase. Para él, el tiempo no transcurría. Con la mirada decía todo, el típico solitario que es depredador y presa. Que solo prueba los límites de la realidad, en busca de algo que ya nos ha encontrado. En esa mirada apagada se esconde para no mostrar que ha perdido el valor para escapar de su prisión. Ya solo coexiste sin ilusión. Dos ojos negros como dos mares vacíos, llenos de soledad en los cuales está sentenciado a naufragar, enfermo de duda vive una vida incierta…

En la ficción ve a su única realidad…

Las 7 Plumas

Solo me manifiesto elevando mi sabiduría… Le he llenado de lugares vacíos con pensamientos perdidos en el espacio, estos llenos de ideas, y aquellas llenas de supuesta razón y solubilidad. No me afecta la oración; el orar no me crea guerreros, ni tampoco dioses, ni reyes. Únicamente me llena de reflexión. Me llena de potencia celestial. Aunque a veces me sienta como un león que nunca gobernara un reino; mis lágrimas están llenas de dolor y melancolía por mí mismo. Me siento impotente ante una vida de agonía, de sufrimiento y soledad. Me siento como aquella ave que su vuelo no podrá nunca emprender. Como puedo evitar escuchar el llamado, de esas voces que preceden del infierno y que consumen mi resistencia. Voces angelicales que juegan con mis sentidos desviando mi cordura y disolviendo mi razón; no se los permito; pero aun así seducen mi alma con una pasión egoísta.

Me creo y me destruyo en un volcán como el Fénix. Recargo mis energías en el unísono.

De pronto me visualizo dentro de una discusión con los demonios (llego a ver con esto, que amo a los ángeles) discuto con los demonios de sus inconformidades y amo a los ángeles por su ternura y devoción. Me mofo de la ideóloga tonta de los demonios, y admiro a los ángeles por sus pensamientos llenos de compasión y amor. Sin dudarlo los ángeles me envuelven en su tranquilidad, dándome consejos pendientes por qué no los comprendo aun; que para poder entenderlos me dan una pluma de sus alas celestiales. Plumas que cubren mi inocencia; que me protegen de los huracanes del dolor y los vórtices del sufrimiento. Cada pluma contiene parte de la sabiduría celestial la cual se irá manifestando conforme el tiempo se valla transcurriendo.

Siete plumas en total fueron las que recibí, de las cuales perdí una al cruzar el abismo; y cuyo consejo que dice:

"La tristeza es la forma de expresión más hermosa de los sentimientos. Porque es el único estado de ánimo donde los sentimientos son sinceros; donde decimos nuestros pensamientos con verdad y dolor; donde realmente nos expresamos como somos en verdad, unos seres llenos de amor y sufrimiento; donde nuestra pureza es completa. Somos seres frágiles a los cuales se les puede hacer mil pedazos, y aun así podemos seguir amando. No agobies tu alma cuando te sientas triste, se feliz porque estas purificando tu ser; porque te estás manifestando como ente espiritual; porque recargas tu pureza en el manantial de la inocencia; por que las lagrimas lavan a tu alma y la sanan de las heridas que hace el tiempo, el cual no tiene la culpa, el únicamente cumple con su encomienda, transcurriendo."

Creo que este mensaje no lograre comprenderle…

De las restantes me construí un par de alas que se agitaran en "Esos momentos de agobio" para así transmitirme la sabiduría celestial, conservada a través de los siglos y que estará siempre ahí…**En tus alas.**

Persona

Atravesando la memoria, me encuentro con las primeras experiencias que forjaron esta personalidad; La cual es mi identidad. Tratando de buscar la explicación a esta forma de ser tan extraña, solo encuentro miles de formas de perder el tiempo, como mentiras que incomodan mi pensar. Sé que solo son lapsos de tiempo vividos con mucha intensidad, que impresionaron mi mente; Se que son acciones que en realidad no fueron intensas como las recuerdo; Pero aun siendo recuerdos falsos, influyen en mi personalidad como si hubieran sido en realidad tan impresionantes. Pero **¿En realidad soy esa persona que creo ser?**

Dice un proverbio chino:

> *"La otra noche soñé que era mariposa, la vida tenía otra perspectiva y otro sentido. Por un instante creí que realmente era una mariposa; Pero de pronto desperté. Acaso era yo el que soñaba ser una mariposa, o la mariposa era la que soñaba que era yo."*

¿Seré acaso esa persona aparente? Simplemente creada de recuerdos falsos, que más bien parece ser en realidad una máscara, que cubre mi rostro para protegerlo y sirve para engañar. Ya que tal vez en virtudes y defectos me encuentro en desequilibrio, y es el lado oscuro el que domina **¿Quizás acaso esta mascara es realmente creada de recuerdos auténticos que pretendo que sean ficticios?** La personalidad de la mayoría es como un espejismo que cada vez que te acercas más distante se ve. Como un reflejo (Te encuentras con los ojos cerrados, después de un largo tiempo los abres. Frente a ti se encuentra una silueta dentro de un lago. Poco a poco conforme tus ojos se van adaptando a la luz que hay en el ambiente, esa silueta va adquiriendo la forma de un ser con ciertas facciones que se van definiendo hasta que al fin un enfoque pleno nos muestra quien es. Ese que está ahí es tu reflejo, cuando tratas de tocarlo el agua del lago se mueve ondulatoriamente desfigurando tu reflejo). De la manera en que se deforma nuestro reflejo al tocarle **¿Será acaso la razón para demostrarnos que nuestra persona es una ilusión?**

La Especie Humana

El pasar del tiempo me ha enseñado que los caminos de la vida son adversos, que aquel que niega sus instintos niega su humanidad, *¿pero que es la humanidad?* El solo responder esta pregunta me causa aflicción.

Me siento tan avergonzado de pertenecer a esta especie. En la clasificación de los seres vivos que se dividen en cinco reinos, solo hay una especia que no se le ha podido clasificar y estos son los virus.

Los Virus no cumplen con los requisitos para clasificarles como seres vivos. Un virus flota por ahí sin necesidad de alimentarse, ni reproducirse; Es solo un minúscula partícula que existe, pero cuando un virus localiza a un huésped este no se reproduce se propaga clonándose a sí mismo para así alterar el delicado equilibrio del huésped en el que habita hasta causar su muerte. Un virus es una alteración del código genético un malfuncionamiento de los ácidos ribonucleicos y desoxirribonucleicos. Solo existe para destruir, cuando se le compara con la especie humana son tan similares; las únicas diferencias es el tamaño y que los virus no se destruyen entre sí.

El humano es peor es individualista y egoísta, pero su existencia mamífera lo hace sociable, es muy sencillo no puede existir sin estar dañando a su propia especie.

Cuando no puede lastimar más al ecosistema y no hay humanos a quien dañar... Se siente solo. **Si la maldad tiene forma y materia esta existe en el corazón humano.**

Ser Humano #32

Muchas veces uno vive en coma, porque las personas que te rodean te matan, matan tu vida, tus aspiraciones, tus sueños, tus ganas de vivir. Te sientes enjaulado en un mundo de problemas, y explotas mutilándote, lastimando a quien se encuentra a tu alrededor.

El ser humano es un perro que se come a sí mismo, que destruye lo que crea, que destruye lo que se encuentra a su alrededor. Es un ser que aparenta tener sentimientos, que aparenta su supuesta inteligencia. Pero es una bestia sin evolución, un egoísta sin propósito más que la propia satisfacción.

Todo lo lastima y a todo daña. Su egoísmo lo enjaula en "su mundo", y todavía es tan cínico que pretende dominar al mundo de los demás, pero ni siquiera controla su ira.

Ser humano #32 (parte II)

Un prototipo que se deja guiar por su locura, pues su realidad llega a ser muy confusa, paranoica. *Una realidad donde la gente te engaña y te maneja a voluntad*, para después justificarse diciendo que ellos tenían "necesidades reales". Bajo estas circunstancias tiene que mantenerse alerta y dormir de pie, ya que dentro de los suburbios **hay que ser capaz de poder arrebatar sin remordimientos; y deslizarse sin ser percibido para poder atacar.** Dentro de las calles hay que cazar silencioso como el viento, esperando el momento justo para dar el primer paso; y cuando el momento ha llegado **dar el golpe sin pensarlo.**

Ya cuando se ha acostumbrado al medio, se empieza a adaptar, *adquiriendo cierta malicia, y logra así definir un estilo propio.* Confecciona su propia mascara; aprende a fingir una sonrisa, a saludar amablemente, a mirar disimuladamente, a vestir de una forma agradable. **Pero sobre todas las cosas logra ganarse la confianza de las personas, para así cuando estas le den la espalda tenga así la oportunidad de clavar el puñal.** A ciegas y en silencio pretende seguir con esta farsa sin ser desenmascarado, y cree que nadie es indispensable. Para mantenerse encubierto lleva siempre un ojo sobre el hombro. *Se vuelve solitario y desconfiado*, la palabra "amigo" nunca existió. **Llegara hasta el grado de dudar de su propia sombra.**

Después de un tiempo, se dará cuenta de lo difícil que la situación se ha puesto; y que se pondrá peor al paso de los años cuando ya sea viejo, así que se mantendrá día tras día mas alerta. Pero al final tendrá que empacar e irse lejos a esconder la cabeza bajo la tierra. *Cuando definitivamente ya haya perdido el control, cosechara los frutos de lo que sembró*; y sus temores se harán cada vez mas grandes volviéndose una presión la cual detendrá el flujo sanguíneo. *Ya es demasiado tarde para tratar de aliviar la conciencia con buenas acciones.* Tiene que mantenerse alerta y librarse de esa aberrante malicia, pues **si no puede mantenerse de pie ¿Cómo pretende salir de este laberinto?** Su conciencia será una carga que lo hundirá y lo arrastrara hasta el fondo dejándolo completamente solo.

Sí, eso es en lo que se convertirá, **otro hombre viejo y triste completamente solo muriendo de cáncer y de una conciencia que aniquila.** Otro prototipo que fue una barata imitación de lo que tendría que haber sido.

En La Marcha Atrás

Ahora, ya cansado y derrotado. Dentro de su mente únicamente le resuenan en un eco interno, aquellas palabras que nunca pudo entender, pues nunca quiso aceptar su realidad: *"Perderás todo aquello que más amas."*

Siempre creyó que esa desgracia a él jamás le pasaría, que eso era el sufrimiento de aquellas personas que no tienen esperanza. En un momentario instante de reflexión, se dio cuenta que él lo primero que perdió fue eso... la esperanza. Siempre le ha conducido un corazón soberbio y de piedra, que gracias al cual, sé a quedado completamente solo, dentro de sus sueños de orgullo. Él creyó que jamás sentiría la necesidad de compañía.

Un beso, el solamente desea un simple beso; pero en la ventana su rostro triste, espera la llegada de alguien que nunca vendrá. Es el rostro de un hombre que huyo de su realidad, en espera de una chica que solía creer todas aquellas mentiras. Dentro de él, solo se escucha una respuesta; para una esperanza perdida: "Quizás ella ya no volverá". En el horizonte de un cielo oscuro, una luna azul refleja la visión de una cama vacía.

Un sonido, un simple sonido que al parecer, es su llanto en silencio que se deja escuchar, cuando sus lagrimas secas caen dentro de sus recuerdos. Los recuerdos han amartillado su mente, como olvidar todas las ocasiones en que él se ensañaba humillándola, cuando las situaciones se tornaban hostiles. Tan solo para no sentirse débil. Él fue tan duro, él era como el hielo. Ella no soporto mucho, pronto se dio por vencida y perdió la fe. En un duro esfuerzo por dar la marcha atrás, en su alma los deseos de regresar el tiempo se ven tristemente frustrados. Aunque se pudieran regresar las manecillas del reloj, como evitar él volver a dañar, si el único lastimado siempre ha sido él. En el unísono de su soledad, se escucha la agonía de su destino. El quebranto de su voluntad.

El no es el peor hombre que jamás haya habido, mucho menos el mejor; quizás entre muchas circunstancias distintas, él es exactamente igual a todos los demás. Una cosa es cierta; no es el hombre que él quisiera ser, ni tampoco es el hombre que él debería de ser, pero en verdad no volverá a ser el hombre que una vez fue. Aunque él lo desee con toda su alma, para él jamás habrá marcha atrás.

...La agonía solo durara mientras él viva...

Vida Falsa

Entre años los segundos se han multiplicado, en silencio has aprendido lo que tantas veces te repitieron y aun así no lograste comprender. Algunas veces te dijeron que no te angustiaras por la muerte. Pues:

"Mientras seas; la muerte no será. El día que la muerte sea, entonces tu cesaras de ser."

Puede que la inmortalidad gobierne tu existir, pero tarde o temprano todos encontramos una forma de morir. Aunque por el momento tú no te preocupas por eso, más por el contrario tus pesares son menos existenciales y un poco más egoístas, si así lo quieres ver. Te has perdido pensando en tu despertar y has vivido soñando en el amanecer; aunque a veces se puede creer que son sueños usurpados por un mudo espabilar. Al palpar la cercanía de tus ideas, vuelves los ojos a tu interior y no encuentras más que banalidad. Te alcanzas a preguntar que si ha sido lo cotidiano lo que realmente te ha contaminado y no te sabes responder.

Sigues caminando tratando de escapar del sol, solo para darte cuenta que el sol se pone en el ocaso y cuando menos lo piensas resurge justo atrás de ti en el amanecer. El camino siempre llega a su destino aun que en veces sea justo donde empezaste a emprender tu camino.

Entre décadas los días se han reproducido y las noches los han acompañado desde el principio original en el que estas tierras surgieron. Desde aquel entonces todos los seres como tu se han refugiado en las sombras de la noche. *Se puede decir que tu vida, así como es; llena de decepciones, resentimiento y amargura; siempre en búsqueda de la felicidad (en la presentación que más te agrade.) Únicamente es una ilusión, un reflejo de la real, una metáfora de la verdadera inmortalidad la cual se encuentra al otro lado del umbral de la muerte.*

Te lamentas al final pues tu condena es estar maldecido con una pseudo-inmortalidad y una vida falsa.

El final del círculo

Entre los ciclos de la existencia, (las tantas vueltas que el alma le da a la rueda de la vida) hay un momento muy importante. Cuando alguno de los círculos del Samsara se cierra, el alma se niega a concluir este ciclo, aferrándose a los recuerdos y las experiencias en un intento de prolongar la presencia del ser dentro de los márgenes de la vida. Aunque algunos infirieran como sufrimiento innecesario e inútil a la agonía del ser que se encuentra debatiendo una muerte inminente y peor aún es clasificada la miseria de aquel que la presencia como espectador cuando un ser allegado la experimenta. Concluimos que es tan solo un mecanismo de defensa que se activa automáticamente y no lo vemos con el misticismo que este acontecimiento proporciona al ser. Pocos pueden apreciar el verdadero alcance del individuo ante tan dramático y determinante suceso. Tal es la magnitud que la conclusión de la existencia representa para las personas, que en la mayoría de los casos tratamos de no asimilar su existencia como una realidad y la llenamos de colores y tradiciones.

Una vez ya en la fase final, el ser puede responder de distintas maneras a este fenómeno. El nivel evolutivo, status sociales, nivel cultural, así como estados de ánimo, estados psicológicos, creencias religiosas y hasta la cultura influye. Por defecto muchos pueden ser las reacciones que se aglomeran en las fibras más delicadas del ser. Aunque sea un proceso necesario, siempre hay un enfrentamiento ante una muerte irrevocable. Indudablemente hasta la especie más pequeña y primitiva enfrenta un duelo campal contra las garras de la muerte, cuando estas han decidido arrogantemente arrancarle el último aliento de vida. Este es quizás el instinto de supervivencia que impulsa una voluntad inquebrantable, un deseo fortuito a no desfallecer. Aunque la mente sepa de antemano que este enfrentamiento no va ser favorable, el corazón siempre guarda una esperanza de indulto. Una fe ciega a una fuerza suprema con un poder infinito, que en el momento final va a retribuirnos al estado primigenio, un golpe de suerte que en el último minuto va a lograr salvarnos de las imperantes fuerzas del destino. Insoluta incertidumbre, asfixiante tribulación, y una sensación de adversidad que se asemeja al sentimiento de caída por un precipicio. Estas entre muchas más son quizás las últimas emociones antes de concluir el ciclo. La incierta racionalización de no saber el acontecimiento sucesor que prosigue a la muerte ha sido el origen de tantas culturas y religiones tratando de explicar lo que se encuentra en el más allá y las posibles recompensas o castigos que nos pueden advenir una vez concluida la vida. Al final la resolución siempre será la misma:

* *El cuerpo pierde sus funciones vitales.*
* *La mente se desconecta de la realidad.*
* *El alma se pierde en el vacio del silencio.*

Irónica Nostalgia

En aquel sendero en el que nuestras historias se entrelazaron la una con la otra, para dar así el fruto que floreció en una nueva vida. Entre esos caminos con propósito… en esta senda, a la cual abandone hace tiempo, se quedo la verdad y la vida misma.

Desde un principio, yo supe que renunciar a la belleza de ese hermosa vida sería una decisión fatal, que me llevaría al fondo de la ruina, pero como podría yo permitir que toda esta pureza se fuera junto conmigo al fondo del abismo, a sabiendas de que el huracán se encontraba tras de mí. Cuando sea el día final y la muerte me lleve en su regazo, apiadándose así de mí ser. Que quedara de mí, para todos aquellos que me amaron. Si yo he abandonado todo por una senda traicionera, la cual aun creo que es más factible.

Yo… yo no sé en realidad, si dentro de eso que fue mi existencia, a la que comúnmente se le podría llamar vida, he tenido éxitos, o si en verdad he edificado mi senda entre farsas, fracasos y derrotas. ¿Que quedara entre los corazones de la gente que siempre ha estado a mi alrededor? ¿Quedara algún buen recuerdo?… un nostálgico momento en memoria de lo que alguna vez fui, prevalecerá o será acallado por el olvido.

¿Cuánto tiempo quedara para concluir esta ilusoria realidad?...

¿Cuántos latidos se encuentran pendientes para que el último de ellos arribe, y así el corazón deje de palpitar?...

¿En qué momento la realidad dejo de ser autentica?...

¿Cómo es que se convirtió en una delusion turbia y falsa?...

Y ¿porque en lo más profundo de mi ser, desgraciadamente la he preferido así?...

En muchas ocasiones las ironías de la vida me han sido incomprensibles. Como puede ser posible que haya existido un hombre el cual creció con el anhelo de una familia, y en el momento en que la tubo solo se dedico a alejarse de ella, o cual es la razón de que alguien que llevo una vida errada, llena de fracasos tenga las palabras necesarias para ayudar a alcanzar una vida con propósito.

Cuando lleguen los últimos pasos de mi marcha, y mi ser se encuentre ya cansado del camino. Cuando el tiempo se haya ya agotado, y los colores que la vida alguna vez me dio, ahora ya se encuentran opacados, transformados en una escala de grises, que lentamente se van sumergiendo en la opacidad de la muerte... En ese instante que pasara.

Por lo menos se que arribara el deseo de una conciencia tranquila, y la esperanza de que a pesar de todo, la mía, fue una vida con propósito. Muchas veces mi trayectoria se salió del curso del camino, pero en la última curva al final del camino, puedo visualizar una colisión hacia el fondo del abismo de la cual no creo que saldré victorioso. Si acaso solo sobrevivirá el triste recuerdo de lo que alguna vez fui. Mi existencia se agota a cada momento que pasa, y a cada segundo el final se encuentra más cerca.

¿Porque a de terminar la vida? No está en mí explicarlo, yo solo espero que el propósito que la mente universal tubo se haya cumplido.

Que es un fantasma:
Un colapso en el tiempo vivido con tanta intensidad,
Que se repite una y otra vez...
Algo muerto que por momentos parece vivo...
Un fantasma eso soy yo...
- El Espinazo del Diablo

Las Lágrimas que borra la Lluvia

Hoy la lluvia está cayendo de una manera copiosa, intensamente constante. El cielo se envolvió en un gris ennegrecido, los truenos a la distancia se escuchan ensordecedores y un tumultúo de almas buscando escondite me recuerda como los días han pasado de la misma manera, tratando de refugiarse en una nueva década, al menos mis días han pasado así. Todas esas noches en las que uno pretende estar bien se refugian en una forma similar entre las faldas de un nuevo amanecer, pero a quien se logra engañar con todo esto.

Entre todos los reinos del Samsara el de los seres humanos es el más complicado, y es en este ciclo en el que nos encontramos atrapados. Tan solo uno más de los seres que se encuentran atrapados entre sus propios sentimientos y sus propias contradicciones; entre las buenas y las malas acciones; entre la caída del sol y el ennegrecer de la noche. Entre la lluvia y las lágrimas que borra la lluvia.

En este ciclo, en esta vuelta de la vida, el cuerpo se pudre a los tres días de haber muerto, ya para la quinta década de haber nacido muchas mentes ya se encuentran seniles y dicen que el alma se desprende segundos después de morir.

¿Qué quedara de nosotros cuando hayamos muerto?
Seremos un montón de cuerpos descompuestos en cajones de madera, o cenizas que se esparcen en el viento.

Destinos de Muerte

Me encontraba tratando de descubrir los destinos de los seres que vivimos en este lugar, llamado planeta. Blandeando mi espada contra todo ser maligno, me doy cuenta que este lugar está infestado por seres distorsionados mentalmente; que sus ideas vanas hacia la muerte (mi amado consuelo) son de temor y de locura, siendo que ella es tan hermosa con su cabello oscuro, su tez blanca con un tono pálido tan apacible su vestimenta negra como una bella noche sin luna, su busto en un tamaño perfecto, y su compasión tan extrema hacia las figuras animadas que sufrimos en este sitio, no comprendo la reacción de estos sujetos.

En mi búsqueda por la paz, no he encontrado sentido a todo este desorden de ideas. La bella chica se acerca y me habla muy dulcemente al oído. Sus palabras son mágicas como las de una musa tratando de embrujar al marinero. Sus preguntas hacia el precio de la vida son extremas, la confusión de estas preguntas me lleva al borde de la locura y le doy respuestas erróneas que son verdaderas. Al mirar las aves moribundas no siento compasión de ellas, no siento felicidad porque han alcanzado un estado mayor que el nirvana un estado donde los nervios del cuerpo se relajan en una forma de tensión, y su espíritu flota libremente por el Ganges sin ninguna preocupación. El felino me confirma estos pensamientos pues su cuerpo esta con los nervios tensados y su espíritu se encuentra flotando. El se comunica sin miedo telepáticamente conmigo. Su cuerpo es devorado por los seres que son

157

llamados con mucha certeza "gusanos de la carroña" los cuales sufrirán las mismas consecuencias. Al igual que todos los seres animados que subsistimos aquí. Este estado es llamado estado de MORTALIDAD y todos tendremos este destino de muerte... (Para mí al fin me habrán concedido una cita).

Signos Vitales

A pesar de todo lo que ha pasado, a veces sin importar ni siquiera el daño recibido, mucho menos el causado. Hemos mantenido latentes a los signos vitales a costa de sentimientos asesinados, emociones mutiladas, ilusiones frustradas, sueños ficticios y metas nunca logradas. Sin embargo los signos vitales siguen presentes aquí, en nosotros. Como si fuese una respuesta a la existencia del instinto de sobrevivencia. Y es cuestión de sobrevivencia el no temer a la adversidad, y es que en verdad hemos perdido poco a poco todo aquello que nos hacia humanos y de naturaleza buena, lo hemos perdido de una forma tan lenta y paulatina que realmente no nos hemos percatado del costo que ha llevado el sobrevivir.

Como es posible que dentro de alguien, a quien la luz ha rechazado y condenado a vivir dentro de las sombras entre tinieblas, de pronto un colapso nervioso le invita a conocer la belleza del amanecer. Una necesidad que va encontrar al instinto natural del ser de mantener su permanencia, una pérdida total del temor a la adversidad, un deseo innatural que evoca dentro de esta persona a la cual el daño que ha recibido a través de tanto tiempo, encerrado dentro de sus propias tinieblas le ha hecho perder la cordura. De antemano él sabe que eso significara su muerte, pero acaso no está el muriendo en vida, solo por mantenerse vivo el perdió todo aquello que le daba vida.

Un ejemplo curioso, aun que un tanto irreal. Pero al parecer es la forma en que los caprichos de la naturaleza se desenvuelven, *"un insano deseo de conocer aquello que te matara."*

Poniendo como ejemplo cualquier caso un poco más común, ahí tienes al individuo que de pronto desea enamorarse y conocer el amor. Y a todo esto que es el amor. Acaso no es una ansiedad muy similar a la que sufre una persona fármaco dependiente, "esa morbosa necesidad de sentir cerca o dentro de ti aquello por lo que estarías dispuesto a dar la vida."

Es extraño, pero en verdad, "el ser se apasiona por todo aquello que sin duda alguna lo arrastra a dejar de ser." Quizás, tal vez es una necesidad irreversible de regresar a la oscuridad de la cual precede. Sin embargo, en su momento, encontramos las razones, o mejor dicho, las justificaciones a todas nuestras acciones a las que no les encontramos una explicación lógica que vallan conforme a las buenas conductas del ser humano. Y la justificación más razonable que encontramos es Locura, Demencia, Paranoia, Enamoramiento, Embrujo etc. Pero si hacemos una introspectiva sincera en nosotros mismos nos daremos cuenta que cada uno de nosotros es un caso psiquiátrico. Y todo, por conservar esos signos vitales, aun a costa de la propia razón.

Tratando de encontrar el porqué y la manera en que la vida que hemos vivido nos ha despojado de nuestra humanidad, de pronto nos encontramos con algo que camina pero no tiene pies, una sensación de ambigüedad e incertidumbre que consume nuestras mentes has hacerlas polvo. Vulgarmente se le conoce como duda, y nuestra incertidumbre comienza, y nos preguntamos que será mejor:

A) Vivir una vida llena de frustraciones y complejos, pretendiendo ser unos individuos de buen gusto que conocen la moral, la ética y la buena conducta, suprimiendo esos instintos animales que tratan de revelarse a toda costa. Y en nuestra sumisión, pretendemos hacer creer que disfrutamos todas esas humillaciones a las que somos expuestos, por la sencilla razón de que la nuestra, es una vida con propósito, que es plenamente aceptada por nuestra sociedad.

B) Vivir una vida en el rechazo y el exilio, consumiendo cada segundo de nuestra existencia entre las llamas del vicio y los excesos sin importarnos nada ni nadie ni siquiera nuestra integridad como seres vivos, unos auténticos parásitos que viven a expensas de los demás, pero que por desgracia somos el producto de la sociedad en que vivimos.

No sé cual de ambas direcciones sea peor. Quizás, todavía es peor aún, el no saber qué camino tomar, y quedarse parado en la mitad de la nada, viendo como el tiempo se va, sin poder decidir cuál de estas direcciones tomar. Cuando menos lo esperas, nos damos cuenta que han pasado 10, 15, 20 años y nosotros nos quedamos congelados, únicamente viendo como las arenas del tiempo y de la vida se nos escurrían entre los dedos. Simplemente, al parecer la vida de una Ameba fue más interesante que la nuestra.

Solamente, desde un punto de vista biológico cumplimos con las cinco funciones de un ser vivo:

* *Movimiento*
* *Alimentación*
* *Crecimiento*

* *Excreción*
* *Reproducción*

De pronto, sin más ni más nos morimos. Si a caso en su momento, llegamos a ser personas triunfadoras, y la suerte nos sonrío, colmándonos de éxito, fama y poder. De pronto nos encontramos a nuestros 87 años de edad ya cansados y viejos, en una silla de ruedas, y sin poder disfrutar plenamente nuestros logros, pues por desgracia dependemos de alguien que empuje nuestro medio de transporte. Eso sí, aun estamos vivos y conservamos los signos vitales, débiles pero aun los tenemos.

A pesar de todo lo que pudo haber pasado, de lo que debió de pasar y de lo que nunca paso. Yo tengo todos estos privilegios antes mencionados deshabilitados. El misterio que esto representa a mí mismo, en comparación, es igual de intrigante al misterio que sucede después de la vida. Pero, en mi opinión, me intriga más aun, el saber que paso antes de la vida. Porque en el transcurso de mi vida, la naturaleza o el instinto en mi, ha ido cambiando de una esencia buena y bondadosa, a una un tanto más polucionada y perversa. Algo muy similar a una adaptación genética que sufre cierto individuo X, para poder desenvolverse entre los cambios que ha sufrido el ecosistema en el que co-habita con todo lo que lo rodea.

Eso es lo que soy, tan solo una polucionada adaptación, a un medio hostil. Donde realmente no importa si tienes buenos sentimientos, o los sueños e ilusiones te motivan a prosperar. Aquí lo importante es:

"El No Temer, El Deslizarte y Matar, El… Sobrevivir"
- Showdown Samurái III

Interpretación de la Tristeza

Habías perdido la fe en seguir adelante, *angustiado te balanceabas en la sensación de que tu existencia no tenía fundamentos*. Te decidiste a desenlazar esa promesa que te llena de sufrimiento, sentías la sangre congelada, cobardemente temías, las manos te temblaban y te rendiste aquella noche; fue cuando tus manos mostraron los colores de la verdad frente a la divinidad. Ante un mundo, **con el alma a la deriva de sus metas tan ambiguas.** *Los buenos tratos que recibes engrandecen los lazos de esta pena que te hunde y se entrecruzan con la falta de ánimo que tienes.* Gracias a este entrecruzamiento de tu baja estimación y tu dolor espiritual logras llegar inmaculado al limbo celestial; y puedes ya entrelazar sueños eternos con la infinidad fluyendo en ellos. Pero despiertas de nuevo a la mañana con la razón tan débil. Muchas veces atrás experimentaste lo mismo, pero fueron solo nubes que con el viento se desvanecieron, sentías salir de ese agujero sombrío y helado; pero te viste caer, una y muchas veces más de nuevo.

Esta vez fue diferente, en la morada te desquebrajabas por haber perdido el paraíso. Pero esta vez de pronto te encuentras con señales de retorno. Te sientes encadenado a un mundo que es un retrete, y sabes que no es lo que necesitas, porque no es suficiente.

Es el costo de vivir el ultimo camino de navegación, ya que el silencio trasporta esa invitación a dejar de existir. *Solo ebrio puedes desmoronar a un mar de soledad,* que te conduce por la nación, y no sabes que te dejara. La sangre pellizca el viento, la sangre que es el único enlace. El polvo se te mete entre los ojos segándote. A lo lejos escuchas un discurso que no es otra cosa más que palabras perdidas en falsos lamentos. De pronto la promesa de seguir aquí se rompe, gracias al dolor enlazado en la pena, y al sufrimiento de morir en vida, *pues no existió nadie que supiera lo que había dentro de ti.*

La Eterna Tristeza

Tras un largo acontecer; después de todo, los momentos han sido como pequeñas fracciones de tiempo. Esos fragmentos que se han quedado incrustados en la memoria, han sido los recuerdos que pacientemente he tratado de juntar dentro de una hoja de papel.

Que ha sido de la metafórica y opaca imagen que se proyectaba por mis ojos los cuales se hunden dentro de esas dos ojeras oscuras que los rodean. Acaso fue tan solo el reflejo de mi rostro tras un espejo, un reflejo ya demacrado de un rostro que paso muchas horas bajo vigilia y que se manifestaba delusiónando la realidad. Pero más aun, que ha sido de la eterna tristeza que solía acompañar a todas esas horas en las que la mente era lastimada por todos los fragmentos de recuerdos que se incrustaban en el alma. Muchos pedazos de recuerdos amargos y una sola eterna tristeza para acompañarlos.

Siempre que podía darme cuenta del entorno era fácil presenciarla como me seguía, y lentamente era conducida a través de las estrechas veredas de mi razón tan austera. Muchas veces se quedo encerrada entre las paredes enmohecidas de mi memoria. Las cuales le fueron corrompiendo poco a poco con incertidumbre.

No hace mucho tiempo la copa se colmaba con sangre; la cual me atrevía a beber a sabiendas que era la sangre que se derramaba de mi propia vida. En los desvaríos de la debilidad y la embriagues, presenciaba como poco a poco mientras yo bebía el fantasma que acompañaba a la maquina y que muchas veces la dirigía; iba muriendo a cada sorbo que yo daba. Acaso esa figura fantasmagórica que moría… no era acaso la eterna tristeza que a veces me seguía.

Intransparencia

Las cosas que se dejan ver a través de la apariencia son generalmente, como bebidas alcohólicas de dudosa procedencia. **-Tremendamente turbias, que reflejan una transparencia involucrada en tóxicos y siempre te dejan un horrible dolor de cabeza.** - Sí, desgraciadamente todas las cosas aparentan ser algo que realmente no son, pero analizándolas correctamente te das cuenta que siempre hay un agente contaminante, dentro de su integridad como materia homogénea. Contaminación gracias a la cual todas las cosas aparentes le debemos nuestra intransparencia. Pues es que siempre va a haber un punto oscuro en la claridad, y un destello de iluminación en la oscuridad.

¿Por qué la frase "La sinceridad enemiga del ganador" la siento como dedicada a mí? Será porque siempre escuche canciones para perder y ahora empiezo a degustar cierto ritmo de *"afortunacion"* la fórmula perfecta para difuminar mi transparente certidumbre. Tal vez no quiero mi nitidez tanto así como yo creía; y por eso le empiezo a dar una suave difusión a mi ser. **¿Para qué sirve una gran angulación del pensamiento, si únicamente nos enfocamos en la pena que nos agobia; Para justificar los sufrimientos que hacemos pasar a los que nos rodean?** Y si somos lastimados alguna vez únicamente nos fijamos en nuestro dolor, pensando que todos quieren lastimarnos. *Como si fuéramos tan importantes como para que nada más piensen en hacernos daño.* Haaa… Pero no nos damos cuenta del dolor que ocasionamos.

Por una verdadera homogeneidad de la reflexión es necesario admitir que; realmente si importamos pero únicamente a quienes lastimamos. Nuestra personalidad turbia y voluble es lo que lastima y nuestra falta de congruencia es lo que molesta. Quizás algunas personas solo se burlan de nosotros a nuestras espaldas y muestran cierta ingenuidad por lastima…

Auto-frustración

"En la retrospectiva de nuestra existencia, somos capaces de analizar nuestras acciones pasadas, dándonos cuenta de los errores que hemos cometido; siempre y cuando aceptemos a estos hechos tal cual son. En el momento que comprendamos y aceptemos estos hechos o acciones erradas, tendremos la capacidad de aceptarnos a sí mismos."

Al parecer es fácil tener una auto-aceptación; **tan solo hay que reflexionar un poco en nuestra vida, para luego aceptarnos como individuo.** Pero esto quizás no sea suficiente, pues la mayor parte de nuestra vida convivimos con otras personas; dando como resultado *la existencia dentro de una sociedad, lo que implica moral, ética, clase, nivel económico, religión, cultura, y un sin número de prejuicios que en su defecto nos complican el aceptarnos.* Ya que una *"auto-aceptación del individuo"* sería insuficiente, pues es necesario que nos acepte también la sociedad en la que convivimos, y esta ultima da un precio que no olvida a cada error. Hecho que impide la reflexión, para dejar un castigo el cual no comprendemos. Siendo así necesaria una *"aceptación del individuo dentro de una sociedad"*, la cual implica ciertas normas que niegan el privilegio de una auto aceptación, dejándonos solo una opción auto-frustración.

La cual nos negara la libertad de ser, de existir, de sentir, de pensar… DE VIVIR.

Conciencia Del Ser

I *Actos*

Tratando de negar mi existencia, deseo encontrar la razón de los hechos que me han llevado a esta realidad, en mi conciencia se refugian esos remordimientos empapados en la melancolía y monumentales sentimientos de culpabilidad, los cuales he sobrellevado al paso del tiempo. Se de antemano que de ciertas acciones que cometí, las cuales han afectado mi triste manera de existir, la culpa es plenamente mía. **Pero también hay que reconocer que hay muchas cosas que no pude evitar, por no estar al alcance de la voluntad**, o del discernir humano que también han dañado permanentemente mi existencia.

II *Destino*

No puedo afirmar con certeza que la existencia del destino sea un hecho, **pero como explicar mí presencia aquí en este lugar, en este tiempo y de esta manera.** Porque no fue antes o tal vez después; porque no es más al norte o quizás más al sur; o con un raciocinio mas evolucionado y porque no con instintos más primitivos. Hechos completamente fuera de mi alcance, al igual que mi anormalidad o llamémosle singularidad con respecto a los demás.

En mi desigualdad se que se encuentra la razón de mi realidad. Pero como comprenderla, si termino negándome a mí mismo. Dividiéndome entre algo sin existencia o en un ser irreal.

Corazón de papel

(Roto y manchado de azul)

¿Cómo es que un corazón llega a ser de papel?

La verdad, yo no lo sé. Algunas personas los hacen de piedra, tan insensibles y duros. Créeme no los juzgo, hoy en día el solo hecho de tener un corazón es un peligro. Te arriesgas a que te lo hagan pedacitos y la verdad ya casi no hay personas que tengan la paciencia, la destreza y las ganas de reparar un corazón. Así que tampoco juzgo a los que no tiene corazón. Pero… de papel. En verdad, no miento DE PAPEL.

Curiosamente para el corazón es muy fácil expresarse en papel. Plasmar e inmortalizar todos esos deseos y sentimientos que tocan las fibras del alma; para así formar melodías dentro de esos corazones maltratados y rotos. Manchados de quien sabe que inmundicia y que claramente se alcanza a distinguir que se les considero de trapo y limpiaron el piso con ellos. Pero siguen ahí desdoblándose. Los más grandes corazones son de papel, pues con tinta y papel se expresa el corazón y si no me crees que un corazón de papel sea grande intenta desdoblar uno y a los primeros dobleces me darás la razón.

Irónicamente el dinero también esta hecho de papel…

Exploración Mental

Asustado voy hilvanado mi vida, a veces creo que nunca podré escapar de la reverberación del dolor, que después de haberlo sufrido sigue presente en mi espíritu. Prosigue bogando en mi pensamiento, sigo buscado, tratando de encontrar la respuesta de una cuestión que he olvidado; y temo que quizás ya la he perdido en el precipicio de mi imaginación, y acaso aquella duda no era ¿Quién soy? La razón no la se pero mi Scientia*1

Se ha infringido en tres monolitos. De una u otra forma estos monolitos me son familiares creo que son mi Con-ciencia, mi Sub-conciencia, y mi In-conciencia. Esta ruptura de mi mente me ha creado un gran dolor que me estremece y me sacude el cuerpo pues de estas tres grandes masas solo logro identificar con certeza a mi conciencia, a las otras dos no las percibo pero las con-siento*2 en lo más adentrado de mi ser; donde sublimemente se corporan como música que se le deja escuchar a un sordo, el cual no la percibe pero aun así no deja de ser una influencia en sus actitudes.

Tras haber bogado por largo tiempo, he decidido apearme en algo sólido, por lo tanto desciendo de mis pensamientos alicaídos hacia mis ideas, sin esperanza alguna de identificar la tranquilidad. Mi suplicio sigue siendo el huir de aquel constante dolor espiritual, que persigue con ansia e ímpetu a mi conciencia. Con cierta alusión dentro de una visualización reconozco mi losa sepulcral, que yace ahí en el suelo de un cementerio. A lo lejos paulatinamente alcanzo a escuchar una sutil melodía. Un relajante ritmo fúnebre que fluye a través del viento como notas musicales que nacen en los orificios de una ocarina. Pero ¿Quién toca esta melodía? Vaya sorpresa, si, definitivamente quien esta ahí es mi Sub-conciencia. Cuando le ví al rostro, lo único que pude ver fue un arrumaco, un gesto que expresaba toda la tristeza que estaba sufriendo. Por unos instantes el recuerdo de aquel suplicio que asechaba a mi conciencia me trasporto dentro de mi sub-realidad. Ahí adentro mi razonamiento se proyectaba hacia el mundo en el que subsistía, dirigiendo mi razón a la totalidad de los objetos incluyéndome dentro del todo, dejando así al descubierto algo que no pude reconocer exactamente a primera vista, era algo que al contemplarlo consoló a mi identidad, era la armonía. Un espectáculo tan relajante, en el cual mis ideas, pensamiento, razón e intelecto se libraron de toda clase de prejuicios que llevaban arrastras como pesados grilletes. Llegando al fin a la fuente del ser donde saciaron su sed y calmaron su apetito en el festín que ofrecía el saber.

Ante tanto movimiento y ajetreo, el deseo de un momento de reposo llego. Haciendo hincapié en este deseo, tomo una siesta para reponer las energías y la fuerza necesaria para proseguir en esta exploración. Sin saber que el lapso de sin razón que estaba a punto de tomar, era parte de esta excursión en la que me encontraba. De pronto caí rendido entre los brazos de mi inconsciencia, la cual amablemente me tomo de la mano, para guiarme por un sendero que al recorrerlo nos conduciría hasta a la Irrealidad.

En el transcurso del viaje me fue instruyendo acerca del intelecto, que es la actitud de mi conciencia mediante la cual logro obtener conocimiento. Me indico que en la irrealidad la identidad puede adaptarse a placer, y adquirir cualquier forma, estado, tamaño, o/y habilidad. Lo más sensacional, raro y curioso fue, que mi inconsciencia nunca movió sus labios; nunca pronuncio ni una sola palabra. Toda instrucción o indicación fueron colocadas dentro de mi mente; también me fue revelado que mi conciencia siempre se está proyectando hacia las cosas u objetos revisando la interactividad existente entre sus fenómenos y ellos mismos. Al cabo de unos cuantos pasos dados en aquella senda que nos llevaba hasta la irrealidad empecé a contemplar mí alrededor, reflexione un poco, y me maraville de lo que comencé a asimilar. La diversidad de formas, estructuras y entidades que mostraba aquel lugar, la forma en que toda cosa u objeto se encontraba en balance enlazadas unas a otras entre sí, sin perturbar la existencia de las demás cosas, que retraído por un gran lapso de tiempo era asombroso ver tanta armonía. Al fotografiar este gran panorama en mi mente una nueva revelación es proyecta para poder asimilar las razones y las trascendencias de todas las entidades siendo animadas o inanimadas; el Por qué y él Como de todo esto. Lo importante de las cosas dentro del ecosistema en el que se desenvuelven, la reverberación que surge ya sea de su presencia o ausencia cualquiera que sea el caso (Un fundamento que es aplicado en las tres formas de la Scientia*1, aun incluso en la propia inconsciencia). Al finalizar el sendero y por fin llegar a la irrealidad me sorprendí bastante al darme cuenta que mi inconsciencia ahí reinaba y que su corona era la imaginación.

Aquel lugar era un completo… no sé realmente como definir aquel maravilloso lugar… un completo balance desarmonizado equilibradamente, o un completo equilibrio desbalanceado armónicamente, o algo así. Un lugar donde todo se encuentra en equilibrio gracias al desequilibrio que reverbera en el.

Estos sistemas de conocimientos, los cuales no buscan la noción son sorprendentes, ya que las disciplinas de saber especializado las constituyen incoherencias que en cierta forma son realistas.

---

*1 *Scientia: saber racionalista constituido por un saber bien fundado filosóficamente (Episteme) basado en la contemplación reflexiva de los primeros fundamentos, y un saber basado en el sentido de tener gusto por algo (Sapere).*

*2 *Con-sentir: percepción de una especie no física, sensación de la presencia de algo para-físico.*

Perfección

Desintegrando mi cuerpo. Alcanzando el grado más alto de la concentración. Descubro perplejo que el alma no tiene centro, que la mente no tiene límites (ella misma es un límite), por que El Krishna es el protector eterno de los entendimientos sagrados los cuales se manifestaran en los estados más grandes de la confusión humana.

Soy ser de locura manifestada en ideas inmaculadas por la distorsión de los humanos. El mismo cuerpo tiene sus propias medidas. Calor y frió, placer y dolor. Pero yo he aprendido a endurecerme.

El gozo y el sufrimiento dan lo mismo, no me atormenta, es por eso que los grandes dioses ocultos me llaman Inmortal.

Mis ideas son vastas y claras. Para mi lo que no es no podrá ser, es por eso que los tormentosos brujos me llaman caballero de la locura elocuente.

¿Morir o Vivir?

No importa, porque en si el solo hecho de haber encontrado el consiente consuelo de la purificación (La Disciplina Espiritual) es suficiente.

PROYECTO DEMENCIAL

Presentado por el concilio de escritores llamado:
Los Ikons
J.Nickholas de Rastignac
Vampiro Azul
Marquesa de Sade
Thalassa

Lo Incompatible con la Razón

¿Cómo sostener la esperanza en la razón cuando lo racional ya no es razonable?

Lo incompatible con La Razón, "razón de verdad" es algo tan cercano a ella, que tal vez no somos capaces de distinguir la diferencia. Esta falta de disertación, nos orilla a un circulo el cual crea una mutación de la razón, a la que casualmente Llamamos de la misma manera, Razón, pero "de fuerza mayor." Solo para justificar las necesidades a las que las circunstancias nos empujan. Dentro de estas "necesidades" es donde la razón pierde su naturaleza. Al distorsionar la trayectoria y la secuencia de la razón, es decir, su naturaleza aparece un fenómeno muy particular:

La "razón de verdad" empieza a ser un obstáculo para la razón "de fuerza mayor"

Entonces la objetividad deja de ser una regla, se trasforma en una exigencia de heroísmo, un heroísmo tal que no se encuentra dentro de la tolerancia humana.

Lo que se opone a la razón es algo que la razón misma comprende.

Se diría que una razón que se opone a La Razón no es obra de la mente humana racional sino de la demencia. Pero acaso no es en la mente humana donde la demencia existe tratando de ser racional. Y en los esfuerzos por alejarse de esta demencia que domina "con fuerza mayor", no son aquellos esfuerzos por no sucumbir en la demencia, lo que realmente ante los ojos de los demás parece una demencia "de verdad."

Entrando A La Maquina

(Preludio)

………Bienvenido a la versión de la maquina

Aquí……

En esta existencia……….

…Donde la Presencia de alguien solo puede ser vista por los ojos………….

…Son los ojos mismos quienes Engañan a tu mirada……

Aquí…

En esta pérdida dimensión…..

Lo oculto es lo único real…

Pues….

Lo esencialmente real….

…Esta verdaderamente oculto.

> You know out here in the perimeter
> There are no stars
> You know, Out here we stoned immaculate
> Like a bolding time
> On the path of death

Ecos de un alma

¿Cuantas horas habré pasado en este estado semi-vegetal? tratare de mover mi cuerpo; el día de ayer el entumecimiento fue tal que ni siquiera pude sentir mis extremidades, abrir los ojos me causa pereza quizás en amaneceres pasados daría mi vida por mirar uno solo de los rayos del sol, ahora, me da igual.

¿Habrá venido a verme alguien? ...

¿Quien se ocupa del despojo que se desecha con el asco y la repugnancia que solo a la basura se le prodiga? como siempre el silencio atiende amable mis preguntas para responderme: "nadie…"

¿Cuantas veces debo hacerme esta pregunta para convencerme de que nada en este mundo de porquería me necesita?...

¡Ah! Ese tic-tac me marca los segundos desde el primer día, uno a uno van introduciéndose en el alma, taladran la cabeza hasta llegar a las neuronas y estas brincan a su maldito compás sometiéndome a este estado en el que suelo pasarme el mayor tiempo feliz, abrazando y besando los recuerdos; esos pequeños trozos de corazón que palpitan estúpidamente, agonizando y pendiendo de un cabello. ¡No los quiero perder!

Hoy al entrar en esta sala echare el cerrojo a la puerta, porque mis amados peligran, esos mísero intrusos vienen y los mutilan salvajemente con sus estúpidos fármacos, cada nuevo día, cada atardecer aumentan la dosis, así como aumenta mi odio por ellos. ¡Ningún derecho les he otorgado para semejantes atrocidades!

Solo existe una llave y se irá conmigo… bajare lentamente las escaleras tratando de no atraer su atención abriré la puerta y sin mirar atrás la sellare, devorare la llave y sin prender la luz vagare… como ayer… como siempre…

Las sombras serán mis acompañantes, el silencio y la soledad reconfortaran mi alma y ese maldito reloj no volverá a marcar mis angustias, gritare a todo pulmón que soy libre solo para escuchar

Los ecos de un alma que se libera.

La Función Del Personaje Loco

Invocando cruces voy a través de la definida escena, en esta burlesca obra; dentro del escenario de la vida. Voy actuando conforme al libreto que se me entrego, el cual tuve que memorizar. Con respecto al personaje que se me asigno, he tenido que representarlo una y otra vez, para poder identificarme con él. He tenido que llorar sus penas más amargas y he tenido que reír con sus mas joviales alegrías, he expresado sus más profundos pensamientos, he gritado sus más grandes estados de ira y cólera; así como también he tenido que laborar con sus manos lerdas sus mas laboriosas tareas. Tuve que pasar sus indefinidas horas sin hacer falta a nadie en espacio y tiempo que no existen en verdad. Lo más doloroso de todo, he tenido que envolverme en sus sentimientos de amor clavados en lo profundo del corazón, que encienden fuegos de salvajes pasiones y fantásticos deseos; que cuando trata de expresarlos tornan al completo fracaso, por su falta de valor y coraje sentimental. Sentimientos destinados a completas derrotas.

Aprendo de memoria todas las líneas, cada párrafo, cada singular expresión, cada movimiento sutil o espontáneo. Y al finalizar la obra me doy cuenta que aquel personaje loco soy yo, y que esta función únicamente termina cuando caiga el telón.

Réquiem Of Life

En el camino de la vida
Al borde de la noche, donde borro las mentiras
Que dibujo en la pizarra de tu mente, tratando de
encontrar un motivo que me permita entender en qué
momento deje de ser yo; de qué lugar provengo
Será a caso el lugar donde surgen estas imágenes que
flotan confusas en mi cabeza.
Intente ser razonable por un segundo
Sin lograrlo permanecí desintegro cada vez mas y mas… mas
Fumando un cigarrillo, la vida pasa, como un tren, y yo
veo la vida pasar y pongo música como quien oye la vida
pasar; la realidad es ya un video clip por el que se pasean
transitorias imágenes
Con la conciencia alterada mágicamente por sustancias
extrañas que navegan por mis venas, excitando mi cerebro.
¿Qué esperar de la vida?
Busco en el camino todas las respuestas y sin llegar a una sola
se desborda mi ser, mi limitado ser hecho pedazos,
expandido de repente más allá, viajando entre nubes y
crepúsculos, aniquilado por el día que me doto de locura.
Permanecía inmóvil, con los ojos apagados
El cristal acaricia mi realidad por la lluvia, escuchando el
ritmo hipnótico,
Aquella la danza del amor entre gemidos, empapados por
el olor a sexo callejero
La muerte y yo manteníamos una relación casi obscena.
Ella era mi amante, y yo pensaba en ella para no
aburrirme, como posibilidad, tal vez porque el mundo me
parece tedioso e insoportable

Mi indiferencia brusca y mi soledad obtuvo un deseo,
territorio mágico donde me invento, recogiendo los
pedazos de mi ser, y por eso vivo en una isla que no
existe, donde habitan fantasmas que susurran en el
silencio nocturno
Las formas de hacerte mío en la inmortalidad, la forma de
matar el tiempo,
Y la vida… Freud, ese empedernido cocainómano, inventó
el inconsciente, fértil territorio literario de profundas
aguas oscuras, de aullidos silenciosos, de mil y una
imágenes; no fue ningún golpe al maniático egocentrismo
de la raza humana, sino la creación de un nuevo mundo,
cuya forma es ya… y cuyos habitantes son…
Lágrimas negras, alas de mentira, fotogramas alucinados,
calles rotas, ardientes, barcos que reparten dolor, humos
y cenizas en el bosque de un cuento que nunca existió…
ella perdió el control.
Qué cosa tan rara es existir, como si no existir fuera lo
más normal del mundo

Es Difícil Dejar de Parpadear

Conozco a un individuo que su mente de pronto se quebró y los pedazos de su mente se esparcieron por todo el horizonte. Después de este incidente emprendió una búsqueda, y tocando las puertas de la gente busca los pedazos de su ser, busca las razones y los "porque". Al parecer ha encontrado su dulce lado infantil y últimamente es con lo único que se puede divertir.

Qué pasa cuando has encontrado las respuestas pero ya te has olvidado de cuáles eran las preguntas; cuando una vez más el vuelo puedes emprender pero no tienes ya hacia donde volar.

Aunque el ya ha conseguido ir por su propio camino las cosas no serán fáciles, pues solo logra tambalearse en un vaivén sin poder avanzar; pues los pedazos de sí que ha podido recolectar lo arraigan a un solo lugar. Que se puede esperar cuando solo se pretende culpar a los demás sin poder aceptar que en verdad, lo que nos ha pasado no es culpa de nadie más.

El se puede encontrar sentado en una banca y puede ver a mucha gente pasar, la verdad es que aunque a todos puede saludar, no con todos logra conversar. El puede decir que no es verdad que él se halla quebrado, que sus memorias son solo parte de la verdad y que si el abre bien sus ojos todo volverá a la normalidad. Si, es verdad que él tiene sus ojos bien abiertos y que todo quiere apreciar. Sinceramente por muy abiertos que los tenga, mientras este despierto es muy difícil que deje de parpadear.

THE IKONS DECONSTRUCTION TEAM PRESENTS:
J.Nickholas de Rastignack-Kayestone en:

DISERTACION PSICKO-ILOGICKA

(Deconstruckxion Demencial 1.0)

De donde proviene la cordura proviene la locura…eso es innegable. Para poder afirmar que una persona ha perdido el juicio, primero tuvo que haberlo encontrado…

Entonces, resulta que en el principio era la razón…antes de que algún ser humano que se creía demasiado listo decidiera abusar de ella y esta se rebelara contrariamente a su naturaleza, transformándose así en su propio anti-yo, su Némesis que viene a cobrarle cuentas a su alter-ego por el uso incorrecto de sus funciones y por alterar su condición natural en detrimento de su propia existencia…y es a partir de ese momento que esa razón rebelde y transformada se volvió una psique insana, se volvió una lógica irracional…sin sentido…EN ESE INSTANTE SE DIO EL NACIMIENTO DE LA DEMENCIA.

Dicho esto solo nos queda intentar comprender el porqué de esta demencia, su motivo de manifestarse y los mecanismos que la impulsan a tomar forma y expresarse evolucionando de manera progresivamente paralela al desvanecimiento de la racionalidad.
¿Por Qué?…¿Por qué no?

¿Acaso no es racional el intentar comprender nuestra Irracionalidad?
Suena loco ¿no es así?
Qué ironía...

J. Nickholas de Rastignac-Kayestone
10-Marzo-2005 5:20 AM
2005 The Ikons/Noir Valhala Productions

Imagen Demente

(Interludio)

El reflejo de tu pasado…

La imagen de tu futuro…

El principio de tu final…

Ecos de un alma II

Cuan duras y tristes fueron las realidades que cayeron bajo el peso de nuestras verdades, y como hirieron las espinas que la duda clavo en mi cabeza como la corona de Jesucristo....

Cuanto tiempo he pasado esperando a tu regreso y solo encontrar mi propio espacio en la inmensidad de una habitación vacía...

Caminar sin rumbo, viajar y volar por cielos inhóspitos e ignotos en donde solos las alimañas malditas acechan la pudrición que es mi carne...

Perdiendo lo real de lo virtual estoy con los ojos cerrados, imaginando tus labios pegados a los míos, y tus ojos adentrando en mis rincones... Perdí el sendero en alguna parte y me extravié en el enorme laberinto interno, donde no existe ser que pueda dañar mi pequeño corazón, al que tengo que defender a costa de mi propia razón...

No me importa perder la cordura cuando no estás, mis ojos derraman gruesas gotas de sangre en ausencia de las lágrimas, que en algún momento de mi vida se secaron...

el sueño de no sentir se está volviendo realidad, mis extremidades están casi nulas, el corazón late lentamente mis heridas se abren y brota un río carmesí que va llenando las grietas de mis cicatrices, quemándolas como ácido y volviendo a exponerlas a la intemperie... a lo lejos miro una débil luz, me abandono a las sensaciones que me guían en medio del dolor, cada segundo el rayo se vuelve un torrente que me ciega; al llegar a él, un paso al vació termina con las torturas, abro los ojos y mi cuerpo yace en el catre de un cuchitril, con una jeringa en el brazo y los ojos en blanco...

Por fin mi sueño se volvió realidad... dejare de sentir...

Tras El Silencio

En el reflejo de mi mente, mi eterna compañera lejos de ser, existe solo como un centinela, el cual guía mi camino... pero cuál es el camino en mi mente si en el reflejo de esta todo se encuentra ausente. Hasta mi propia existencia ya se ha perdido, pues yo soy solo un ser que ha dejado de existir para mí mismo, en mi mente y en mi vida. La razón parece que se quiere fugar pues me desconoce, ahora soy distinto diferente a cada uno de ustedes. Solo un lunático mas sin un camino presuntuoso; solo soy un anima con sueños diurnos, sueños de fantasía dentro de una razón que agoniza, y una demencia que cree creer que soy. Pero yo no soy más que una ilusión pasajera que muere cuando la realidad se asoma. La muerte pretende ser mi eterna compañera Tras este silencio se aloja el ruido que me destruye, quisiera que una mentira piadosa me devolviera la esperanza; pero si la verdad me derrumba, prefiero estar en ruinas a volar en el universo de lo inexistente.

No debo llorar, lo sé, pero esta maldita materia no deja de sentir; perdí la antimateria y mi humanidad me lastima.

Quiero dejar de tener corazón, metalizar mi piel, matar el sentimiento que me mata...

Debo continuar caminando bajo la lluvia, anhelando que mis sistemas tengan un corto circuito...

SCKHIZOPHRENHYA

(Cronicka de una Demencia Racional)

Me detuve en ese instante y me pregunte: ¿Como es que llegue hasta aquí? Si yo recuerdo que era muy diferente... ¿como fue que me deforme? De repente tan solo me vi vagando sin rumbo fijo por este paraje solitario y estéril que es el Valle del Sinsentido, el Desierto de la Delusión, la Llanura de la Irracionalidad, el Bosque de la Locura, El País de la Esquizofrenia en la Galaxia de la Demencia... Yo, que alguna vez fui una razón normal y racional, plena de lógica y coherencia que ahora se ha ido a quien sabe donde junto con todo aquello que me hacia ser normal...

¿Que acaso no fue en ese culto a la normalidad en donde sacrifique mi naturaleza? Si, fue ahí en la necesidad y deseo de ser aceptado como un concepto lógico y manipulador donde mi ser se deformo transformándose en un ser cuasi-módico, un mounstro creado de los prejuicios sociales e irónicamente rechazado por la sociedad...Soy así, ahora logro ser y puedo existir.... una paranoia elocuente, una esquizofrenia consciente de quien es, una Demencia Racional que es capaz de discernir....aunque a los ojos de la normalidad impuesta como patrón de comportamiento jamás volveré a ser plenamente racional....no seré normal otra vez...pero, como llegue a esto?

Continuara...

Deconstruccion realizada por J.Nickholas de Rastignac y Vampiro Azul (en ese orden) el día 4 de Marzo del 2005 en Noir Valhala Productions....cualquier opinión expresada aquí es responsabilidad exclusiva de los autores.

El Zumbido del Silencio

Mientras el sol se va opacando, yo me muevo entre tinieblas, buscando las sombras como refugio. Ahí refugiado espero a que el sol muera, para que la noche me revele sus misterios. A la hora más tranquila de la noche, refugiadas en la penumbra, al fin las mentes torcidas podemos salir del refugio y sentir esa paz que solo la oscuridad sabe proporcionar... pero no por mucho tiempo.

La quietud de esta habitación es corrompida por el preámbulo inicial conocido como "El Zumbido del Silencio" el cual se hace presente y se deja escuchar como un solemne adagio, que le dice adiós a la cordura. En unos momentos más este lugar será el salón de fiestas para un evento nocturno poco ordinario. El director de orquesta El Silencio y el maestro de ceremonias La Delusion. Una combinación letal. Arma de dos filos capaz de hacer polvo a la razón o llevarla al grado más alto de la meditación. El silencio se hace agudo... muy agudo.

Los monótonos ritmos perpetuos de mi corazón, laten al vacio del unisonó. Perpetuando el comienzo del glorioso espectáculo. Lugar donde las sensaciones de paranoia y las alucinaciones auditivas se hacen presentes como los invitados de honor del parlamento. Apenas han pasado uso instantes de que han llegado los invitados, el maestro de ceremonias hace la señal y al momento los objetos empiezan a confundirse entre los invitados como si tuvieran voluntad propia. Las siluetas en la pared comienzan a perder sentido y a adoptar formas extrañas.

De pronto, el hielo es roto. La penumbra asiste a la delusion anunciando que el vals dará comienzo, interpretado por El Ballet Folclórico de Las Sombras Nocturnas. Y en sutiles y lentos movimientos las sombras comienzan a bailar la danza mesmerica que la penumbra acaba de anunciar, permitiendo así tranquilizar un poco la conmoción que con tanta agitación en mi habitación empieza a dar lugar.

¡No puedo entender todo lo que en estos momentos pasa, pero la vacía sensación de que esto no es real me quiere ayudar a regresar a la realidad! ... Pero es inútil.

En este instante es cuando la delusion ha empezado a tomar el control de la situación. Su arrogancia la caracterizan a ser el centro de atención. Ayudada por mi mente corrompida. Si, ambas me robaron mi cordura en un baile de sombras como un mal, en el cual en mi imaginación nunca termino.

Reflexión terminal

¿Acaso estoy realmente loco?…

La demencia ha llegado a mi mente

Algo perturba…

No se… a veces me siento indiferente

¿Acaso hay alguien más en mi mente?

Alguien me enseña el camino

¿De qué parte de la realidad esta?…

¿Se dirige hacia mí?

¿Va a algún lugar en especial?

Este proyecto fue ideado para circular dentro de los grupos de escritores aficionados que se encuentran en las redes sociales. La versión que aquí se presenta solo expone la parte literaria, ya que mucho de su contenido podía estar vetado por falta de los permisos y licencias para exponerlo en su totalidad. El proyecto demencial es una experiencia audio-visual con imágenes y música de fondo. Y cuatro grabaciones hechas por mí que representa precisamente eso: La Locura.

ATTE.
Salas Martínez
(Coordinador de los IKONS)

Este libro va dedicado a la memoria de

Ana Estrella Martínez Pedroza
(1958-2013)

Printed in Great Britain
by Amazon

35404974R00121